JN076499

あなたの遺言

わが浪江町の叫び

鈴木正一

詩集・評論集

コールサック社

鈴木正一詩集・評論集　あなたの遺言――わが浪江町の叫び　目次

第一部　詩集　あなたの遺言 ——わが浪江町の叫び

I章　あなたの遺言

Ⅱ章　君の名は……

第二部　評論　ある〈核災棄民〉の闘い

Ⅰ章　人生の備忘録

Ⅱ章　ある〈核災棄民〉の闘い

第一部　詩集

あなたの遺言
――わが浪江町の叫び

Ⅰ章　あなたの遺言

あなたの遺言　――わが浪江町の叫び

九月一日昼過ぎに　あなたからの電話
「コールサック」１０７号掲載の
私の詩「非日常の　日常化」の批評
「内容が濃いですね……良い詩だよ……」
荒い息遣いで　渾身の力を振り絞った　あなたの声
今も　耳に焼きついている　あなたの声
いつもの批評は　うれしくも
気が気でなかった　あなたの容態
九月六日夕食時に　あなたからのメール
「……貴方の作品は、解りやすい表現で　心に響き
　体感極まった人にきり　書けないもの……」
私には少々重い　過分な評価

十一月三日朝刊の「おくやみ」記事
根本昌幸さんの突然の訃報
唯ただ　驚くばかり
あなたは　作詩の心得を授けてくれたひとり
前日には、私のミニ詩集印刷を　発注したばかり
そのあとがきに、あなたへの感謝を書いていた

私を詩の世界へ駆り立てた一冊の詩集[*1]
そこで　あなたは叫ぶ
「わが浪江町。
　この地に　いつの日にか
必ずや帰らなければならぬ。
地を這っても／帰らなければならぬ。
杖をついても／帰らなければならぬ。
わが郷里浪江町に。」

郷里帰還は　叶わなかった
無念の想いを抱いて　旅立った

ペンは　剣よりもつよし
それは　希望を掲げ　人を生かす武器
〈核災〉[*2]の理不尽を許さず
不条理と闘う絆を　醸成する武器

あなたは　浪江原発訴訟原告団の　同志
七百余名の原告団員が共有する　叶わぬ想い
「この無念を晴らしてくれ！」
これが　あなたの遺言

*1　詩集『荒野（あらの）に立ちて――わが浪江町』（コールサック社　二〇一四年二月一日発行）。帯

文は南相馬市の詩人、故若松丈太郎。

＊2

若松丈太郎『福島核災棄民――町がメルトダウンしてしまった』の中で「わたしは原発を〈核発電〉、原発事故を〈核災〉と言うことにしている。その理由は、おなじ核エネルギーなのにあたかも別物であるかのように〈原子力発電〉と称して人びとを偽っていることをあきらかにするため、〈核発電〉という表現をもちいて、〈核爆弾〉と〈核発電〉とは同根のものであると意識するためである。／さらに、〈原発事故〉は、単なる事故として当事者だけにとどまらないで、空間的にも時間的にも広範囲に影響を及ぼす〈核による構造的な人災〉であるとの認識から〈核災〉と言っている。チェルノブイリ核災から二十六年だが、まだ〈終熄〉してはいない。福島核災は始まったばかりで、二十六年後に〈終熄〉していることはないだろう。おそらく、六十七年後になっても〈終熄〉していることはないだろう。まったく先が見えない災害なのである。」と論じている。

棄民の郷愁

ふるさとに戻って　もう三年目
同じ行政区内に　顔見知りは二人だけ
後続の帰還者は　一人もいない
周りの家々は解体され　居住者は何処へ
心の拠り所　小中校舎は　跡形もない
わすれ得ぬ　無念の粉砕音と振動
闇夜の明かりは　通学路の防犯灯だけ

立春が過ぎて　日ごとに若葉が萌える
ドウダンツツジ、エゴノキ、ヤマフジ
柿、紫陽花、モッコウバラ等々
ボケ、アザミ、ユスラウメは　既に花咲く

桜は　観測史上最速で開花　三月末満開
山桜、グミ、ハナミズキは　咲き始め
残されている自然の息吹に　癒される

モノクロのふるさとが　色鮮やかに甦る
「ふるさとは　遠きにありて　思ふもの」
それなのに
ふるさとのど真ん中で
郷愁に駆られるとは……
〈核災棄民〉の　摩訶不思議

ふるさとの復興

大平山霊園　災害公営住宅建設
「道の駅なみえ」オープン　請戸漁港再建
常磐線全線開通世界最大水素工場や
県最大酪農牧場計画策定等々
視える確かな　復興事業
中には　待ち焦がれる帰還を
　疎外する施策も

二万千人の町民
避難指示解除四年で　帰還者七％
創生小中学校開校
千七百人程の児童生徒は　二六人に
小中学校　誰しも抱く心の拠り所

請戸小学校は　震災遺構で保存決定
五つの小中学校は　閉校式もなく解体決定
住民意向調査の結果
「帰還しない」は　五四・九％
　過半数を超えた
「要介護認定率」は
　郡内最大の増加　二三％超

住んでいない避難町民からも
　固定資産税や住民税を　徴収
まるで　核災がなかったかのよう……
余にも理不尽な　政府の圧政・収奪
　更に　コロナ禍での　生活困窮
「被災者に寄り添う」？
喜びより　恨めしさがつのる
ふるさとの復興

無言の断罪

三・一一フクシマから　九年
ある時　消防団員の友人
私の前で　項垂(うなだ)れたままの　ひとり言
「毎晩眠れないんだ……」
「耳から離れないんだよ……」

微かな必死の声
「助けてくれ～、助けてくれ～」
何度も　何度も　叫んだ約束
「必ず明日来るから！　頑張ってくれ！」

三月一二日　午前五時四四分

東京電力福島第一原発
半径一〇km圏内避難指示　発令
放射能汚染により　全町民に避難命令

約束は果たせず
強いられた　無念の救命断念

福島県　浪江町の請戸地区
津波被災者　百余名の叫びは
放射能汚染に　掻き消された

最後に　ぽつりと　呟いた
「一生　背負って　生きていくよ」

当時、高市早苗　現総務大臣は公言
「原発事故で死んだ人は、一人もない」

「知らぬが仏」では　済まされない！
原発関連死者　無言の断罪
あなたこそ　仏になれ！

あれから八年半

あれから八年半
母は　七年と七七日前
原発関連死の　ひとりに
そこが　何処なのかも分からず
看取る家族も　一人も居ず
おそらく
自分が亡くなったことも　分からずに
生きていた証は
ふるさとから遠い　仮設住宅に入居
あなたの　帰るところは
ふるさと　浪江

あれから八年半
あなたの証は
ふるさとに　少しは近くなった
私たちの避難先に　一緒に居る
あなたは　いつ帰れるのか
永眠できる　私たちの浪江に

あれから八年半
人生を　共に歩み始めて　二十年
私は　男・男・女の三人年子の　ひとり親
あなたは　女の子一人の　ひとり親
四人の子供達は　それぞれの人生を　生きている
ふたりには　今も続いている　避難の生活
津島・仙台・佐渡・福島　そして南相馬
老体には堪える　五度の転居
心待ちしていた　ささやかな願い

穏やかな　ふたりの時間を　過ごすこと
そんな矢先の　原発事故
すべては　儚い夢に

あれから八年半
ふたりの　今の相談ごと
それは
墓終い（はかじまい）と　ふたりの終活
〈核災棄民〉には　ままならず
どうなることか
確かなこと
果てしない　避難生活と
東京電力福島第一原発の「人災」
そして
あれから八年半

再生は　遥か彼方に

あれから間もなく一〇年
　久しぶりの　久しぶりの帰還
街並みは
　砕石の更地と　雑草の荒地に
所々にポツンと
　取り壊しの順番を待つ　建物
郷土住民の結の絆は
　雲散霧消
動植物の有機的な命の連鎖
先人が築いた尊い風土
　有形無形の至宝が全て奪われた
帰還した住民には

被ばく不安の毎日が
帰還困難（津島）区域の除染は
　殆んど手付かず
一〇年経ても　計画迷走
環境省職員の言
「百年後も帰宅は無理かも」
朋友（ほうゆう）　嘆きの現実
心労は　時間の経過で軽減するか
　否、否　増すばかり
ふるさとの　ふるさとの
　再生は　遥か彼方に

三・一一を忘れない

あれから九年半
町内の災害公営住宅　一一〇戸整備
花卉（かき）・水稲（すいとう）実証栽培　開始
世界最大水素エネルギー研究フィールド　誘致
ＪＲ常磐線上野駅まで　全線開通
「道の駅なみえ」　プレオープン
請戸（うけど）漁港の競り再開等々
観える確実な　ハード復興
それらは　帰還した行政と住民の苦行の賜物
しかし　ふるさと復興は
喜びより怨めしさが　募る

あれから九年半
二一、四三四人いた町民
帰還した住民は　一、四四九人
小中併設学校・こども園　新設
一、七〇〇人いた児童生徒は　三〇人程に
昨年一〇月実施の住民意向調査
「帰還しないと決めている」は
町民の半数を超えた　五四・九％

あれから九年半
請戸地区の津波被災で亡くなった方　一八二人
その内　未だに行方不明の方　三一人
放射線汚染情報の秘匿で
断念を強いられた被災者救命！
今も　脳裏に焼き付いている「助けてくれ～」の叫び
消防団員・遺族の無念の想いは

棄て去られたまま
生きる力を奪われ自死した　人・人・人
耐え難い　避難の労苦を負わされた原発関連死者　四三四人
私の母も　その一人
心労は　時間の経過で軽減されるのか
否　増すばかり
〈核災棄民〉の命が果てるまで　続くのか

あれから九年半
つい先日　久しぶり　久しぶりの　仮帰還を果たす
ふるさとの復興は　再生そのものではない
街並みは解体　住民　隣組　親戚
友人などの結の絆は　雲散霧消
知覚されずとも
永年幾重にも連なった動植物の　命の連鎖
奪われて諭された　先人の築いた尊い風土

ふるさとは　私を育んだ　人格形成の源泉そのもの
久しぶりの仮帰還　すべて消え失せていた
ふるさとの再生は　はるか無限の彼方に

除染されても安心・安全のない　ふるさと
帰還した〈核災棄民〉には
被ばく不安の毎日が…
「核の平和利用」の誤りは
世界の〈核災〉が何度も証明
東京電力福島第一原発事故は人災
その原因は「規制の虜（とりこ）」
責任は　政府東電に在り！
両者の猛省　無ければ繰り返す〈核災〉
あと半年で一〇年　次もここか？　それとも
あなた　あなたのところかも

憂える帰還

十年ぶり　自宅の庭を眺める
ボケ　すいせん　すずらん　ムスカリ等の花々
山桜が　あちこち咲き乱れ　鶯の鳴き声
若葉が　日ごとに色濃くなる　雑木林

除染で　様変わりした　庭と雑木林
自宅前のため池も　干された
野鳥　白鳥などの飛来は無く
魚を求める釣り人も　もう来ない
豊かな動植物は　何処へやら

帰還した隣組は　三世帯　五人

十一世帯の家屋は　取り壊された
街中へ出かけても　道に迷う時がある
記憶にある　建物が無いから
帰還は　新たなストレスを生む

放射性物質トリチウム処理水
東電福島一F（イチエフ）から海洋放出　閣議決定
直後から　新たな風評が始まった
漁業者との約束を　反故（ほご）にした
不条理な　「官製風評」
政府は　払拭どころか再燃を惹起
公聴会での国民の声は　聴く耳持たず
東電には　限りなく寛容な政府
形振り（なりふり）かまわない　詐欺行為

東電福島一Fでは　地震計の故障と

不明汚染コンテナ四千基を　放置
新潟では　テロ検知不備多数を　一年放置
「理解しがたい……あってはならない*」
東電の相次ぐ不祥事
規制委員会「原発操業の資格疑わし」の烙印

政府と東電の信頼は　地に落ちた
なぜ　今　海洋放出なのか
それは　深刻な民主主義の崩壊
長期に亘る廃炉完了にも　暗雲が漂う
〈核災棄民〉は　避難に苦しみ続け
今度は　帰還に憂える

＊三月十九日　電気事業連合会会長　九州電力　池辺和弘社長の指示発言

非日常の　日常化

帰還したら
見慣れた街並みは
記憶にない　異空間
日頃　行き来していた道に
ふと迷う
見知らぬ街に
初めて来たかのよう

帰還者は七％　千五百人
帰還していない町民からも
固定資産税・住民税を徴収
あたかも

〈核災〉が　無かったかのように

住民基本台帳の人口は
五千人　減少　それは
永久強制退去先への　転出と
漸増している　死者の数
十年経ても　限界集落以下の
ふるさと　再生

亡くなった訳も　場所も
分からずじまいの　お袋
身内だけの　静かな家族葬
時々遠く離れた　斎場で
久しぶりに会う　懐かしい顔
原発関連死者　二千四百人

衰亡へ追いやった者は　誰だ
聞こえないか　亡者の断罪の声
十年経ても　増え続ける異状

汚染水の「処理水」を　海洋放出
六年前　漁業者と政府・東電との　書面約束
「理解なしにはいかなる処分も行わない」
突然　一方的に　公然と　約束を破棄

民主主義否定の　全体主義
その先は　い　つ　か　き　た　道
看過　許すまじ
非日常の　日常化

もの言わぬ祠（ほこら）

ため池には　魚も釣り人もいない
　餌をやっていた白鳥も　こない
隣接している雑木林の　山栗、玉子茸（たまごたけ）
　タラの芽、山ウドは　食できす
　山桜は咲くも　鶯の鳴き声は僅か
ため池と雑木林は
四季折々の　恵みの宝庫
〈核災〉原発事故は
生きとし生けるものからの
日ごろの小さな喜びさえも　強奪

ため池の　土手片隅に
石造りの祠がある

その裏に刻まれている　建立記
「葉山神社社宮再建
　昭和五十八年十一月吉日
　発起人　区長　桑原　昆吉
　　　　　　　　鈴木　　実
　　　　　　　　高橋伊三郎
　　　　　　　　岩野　聖明
　　　　　　　　大和田好男
　　　　　　　　斎藤　十四
　　　　　　　　向山　政代
　社宮寄付者
　　古希記念　菊池　コト
　　還暦記念　岩野アヤ子
　　石　　工　吉田石材店
　　　　　　岩野アヤ子書」
刻まれた九名は　三・一一以前に逝去

誰も居ない時をひとりで過ごし　なに想う
　もの言わぬ祠

守り続けた　地区の家々と土地
三・一一の時は　四〇三世帯　九六八名
一一年経過して　家々は取り壊され
土地は草ぼうぼうの荒地に
今[*]は　二一世帯　三二名に
守り続けた家々と土地を奪われた　祠

私は　〈核災棄民〉
祠は　〈核災棄神〉か
　寂しげに　たたずむ
　もの言わぬ祠

*二〇二二年　六月一日現在

あの日から十一年

実相

東京電力福島第一原発の　核災前
浪江町住民登録　二一、五四二人
この十一年で
原発関連死　四四二人、震災直接死　一五一人
行方不明　三一人、死亡　二、三二一人
転出　三、七五四人
そして　出生と転入　一、三三〇人
現在の住民登録　一六、一六三人
帰還者は　一、八一一人　核災前の　八・四%
県内外への避難者は　一四、三五二人

（二〇二二年一月三一日現在）

避難指示は　二〇一七年　三月三一日に　解除
今は　東電一Fから一〇km圏内の
浪江町の自宅に　仮住まい
復興オリンピックは　迷惑オリンピック
改築費の増額と　工期の長期化の　弊害に
二〇一八年　七月から　一年半以上かけ
自宅改築
三・一一から　九年以上経過した
二〇二〇年秋に
ようやく　一時帰宅

再会した隣組は　一戸だけ
街なかに　建物はなく　人はまばら
商店街は　雲散霧消　目印がなく迷走も

賑わっていた商店街　今は幻影
「復興」はまだまだ　かけら

あの日から十一年の　実相

除染

二〇一九年　八月三〇日　環境省除染後の　測定値
自宅周辺七地点の　毎時平均値と年換算値（空間線量）
（毎時〇・二三μSv＝年一mSv）*
*一mSv（ミリシーベルト）＝一〇〇〇分の一Sv（シーベルト）
一μSv（マイクロシーベルト）＝一〇〇〇分の一mSv

一m～〇・五一一μSv　⇩　二・二三mSv
一cm～〇・五〇四μSv　⇩　二・一九一mSv

二〇二一年　四月から今年三月　一年間（三四回）の
環境省と同じ七地点の　測定平均値
一ｍ～〇・五五四μＳｖ　⇩　二・四〇九ｍＳｖ
一㎝～〇・八八六μＳｖ　⇩　三・八五二ｍＳｖ
環境省除染後と　今回測定値の対比
一ｍで一〇八・四一％　一㎝で一七五・八一％の　増加
七地点の平均値は
除染目標　年一ｍＳｖの倍以上で　漸増中

最悪一地点の
年平均測定値と環境省との対比
この地点は　東電一Ｆ方向の地点である
一ｍで三・一八三ｍＳｖ　⇩　一三五・五六％
一㎝で六・一三〇ｍＳｖ　⇩　三二七・九一％
除染しても　自然に線量は減らず　逆に増加が顕著
増加の原因は

除染していない地域からの　移線である

庭から　五〜六ｍ離れた
除染していない雑木林の　年平均測定値
　一ｍで五・五七四ｍＳｖ　一㎝で六・八七四ｍＳｖ

自宅の敷地内に
原発内の放射線管理区域が　存在している

現行の限定除染は……極めて不充分！
今回の測定は
再々除染の必然性と　全地域除染の必至を　証明
国が　当初約束した
帰還困難区域の全域除染は　当然の責務

　あの日から十一年の　除染

失政

居住制限区域の　避難指示解除基準は
年二〇ｍＳｖ
三・一一に発令された
原子力緊急事態宣言（現在も発令中）と　同基準
年二〇ｍＳｖは
国際放射線防護委員会が
緊急時のごく短時間に運用すべき
許容限度として
平常時における　公衆被ばく許容範囲は
年一ｍＳｖと　規定している
原発内の　放射線管理区域の指定値は
年五・二ｍＳｖ

白血病の　労災認定基準は　年五・〇ｍＳｖ
年二〇ｍＳｖの基準値は　科学的根拠もなく
閣議の　政策的思惑で　決定
原子力緊急事態宣言
避難指示解除の　基準値は
国の……最たる愚策

あの日から十一年の　失政

希望

核災後十一年の
自宅周辺七地点の測定値は
原発の放射線管理区域の指定値に　漸次増加中
除染していない　敷地内　雑木林の測定値は

その指定値を　今も超過のまま

集団ADR[1]打切りで提訴した
浪江原発訴訟（福島地裁）は　四年目に入る
今年、五月に　裁判官と原告被告代理人の
現地進行協議で　自宅視察予定[2]
一生続く「低線量」被ばくの　人体実験
被ばく不安の賠償も　訴訟のひとつ
〈核災棄民〉の
実相・除染・失政の　視察を希う

三月初旬　六件の原発訴訟で
最高裁　判決
すべて東京電力の上告を退け
原告の勝訴が　確定
敗訴した東電から　被災者に謝罪の言葉は

今もない
「中間指針」は　重過失の賠償基準だった
東電には
賠償金増額の　法的責任が
国には
「中間指針」改訂の責務が　課せられた

あの日から十一年の　希望

＊1　集団ＡＤＲ――裁判外紛争解決手続き
＊2　本書の第二部評論「現地進行協議　原告1番の住居（川添地区）資料」一五九頁を参照

年賀じまい

まもなく年の瀬　年が明ければ
あの日から　十二回目の新春
「あけまして　おめでとう」
めっきり少なくなった年賀状を
したためる　時期が来た

一時帰還して　二年が経過
帰還した浪江町民は
一、九五〇人程（九％）
他方　転出した町民は
その三倍以上（二七・九％）
約千七百人いた小中学生は
三九名（二・三％）に

復興の担い手は　想定外の少数
復興は　途についたばかりなのに
ここまで　一二年もかかった
「被災者に寄り添う」は　嘘っぱち
帰還困難区域の全域除染は
　住民意向の有無に　責任転嫁
国は　原状回復の責務を　放棄した
中間貯蔵核ゴミの　最終処分地は
　未だに定まらない
ふるさと復興は　目隠しされた

復興予算は
　防衛費に転用で　先行き不安
次世代原発開発・六〇年超運転は
　世論困惑の説明欠く　政策大転換

三・一一の教訓は
忘却の彼方へ　追いやられた

東電福島一Ｆの廃炉に
　あと　何十年かかるのか
処理水（汚染水）の海洋放出
　被害は如何に
被ばく不安もあるところに
　帰還する人は　どれ程いるのか
絆を奪われた〈核災棄民〉は
　年初め　なに想う

恒例の　つぶやき
　〝あけまして　おめでたい　？
　私の新春は　まだ来ない……〟
ペンは　動かなくなった

ふるさとの終(つい)の住処

友と汗を流した　天王山の登山
高瀬・室原川での鮎の友釣り
仕掛けは親爺(おやじ)譲り
商工会青年部伝統の河川敷　桜祭り
仲間と創めた　サマーフェスティバル
請戸(うけど)浜の地曳網大会と
観客数万人集う　お盆の花火大会
街中で　複数台の矢倉を
踊り子が囲む　盆踊り大会　等
歩け歩け初日詣大会
行政区対抗町民体育大会　等々
地域の　親密な絆が頼り

生来　私を守り育んだ源泉
それは　ふるさと

鶯が鳴き　山桜が咲きほこる
窓際には　卵を抱く山鳩の巣
時には　散歩している雉（きじ）のつがい
鶉（うずら）の親子との出会い
茸・タラの芽・ウド・山栗等　自然の恵みを満喫
隣接のため池は　鯉・鮒・公魚（わかさぎ）の棲家
休日は釣り人達が集う
冬には　白鳥が飛来し　餌をやるのが日課
私の密かな楽しみ
自宅は　雑木林に溶け込んだ　自慢の住処（すみか）
あの原発事故が　起きる前までは……
一瞬にして　私の人生とふるさとは　奪われた
そして　住人の居なくなった　終の住処

待ちわびた解除

二〇二三年　三月三一日　午前一〇時
帰還困難区域の　ほんの一部が
　待ちに待った　避難指示の解除
津島、室原、末ノ森の　三復興拠点
ほとんどの帰還困難区域　町の八〇％は
除染もされず　そのまま残された

「どこが復興なの」
「あきらめざるを得ない人が　ほとんど」
「戻っても　どうなるのか不安」
テレビの取材に答える　帰還予定者
今後の課題は

まちづくりの　担い手呼び込みとか

六年前解除された　街中の帰還者は
　未だに　二〇〇〇人未満（約九％）
三復興拠点の　住民登録は
　三二八世帯　八七九人
準備宿泊は　二一世帯　二二人
担い手呼び込みが　叶うことを切に願う

はたして
私は　生きているのだろうか

Ⅱ章　君の名は……

君の名は……

私は、原発事故の被災者。
あれから（二〇一一・三・一一）七年経過して
避難指示が解除（二〇一七・三・三一）されたにもかかわらず、
除染が不充分で帰還できずに居る。
ある時、〈原発事故〉A君と〈被災者〉B君の会話を聞いた。

〈原発事故〉A君
「原子力発電は核爆弾の派生技術で誕生、核爆弾の弟分。だから原発は『核発電』と、最近言われているよ。」
「東電の事故は当事者相互の個別・偶発的事故（自動車事故等）ではないし、空間的・時間的にも巨大な規模（戦災に類似、遺伝子異常は論外）の構造的人災だって。」

「だから、自分の名前を『核災』と改名したよ。」

〈私〉一〇〇年前、「戦争は政治の延長である」と言った人がいた。

　　『核災』は政治と経済の延長か！

〈被災者〉Ｂ君

「国の避難指示の基準は、法定の被曝限度〈一ミリシーベルト／年〉を超えた〈二〇ミリシーベルト／年〉の超法規的対処。国は、自分で作った法律に違反したよ。」

「そして放射線汚染情報（ＳＰＥＥＤＩと米軍の空間線量）を非公開。生死に関わる情報の秘匿は、犯罪行為だよね。」

「特に浪江町（ナミエ）の人達には、立地町に手配された避難手段（バス等）は皆無。国からは見捨てられた。」

「そして集団ＡＤＲ（裁判外紛争解決手続き）の和解案を傲慢に否認し続けた東電に対して、国はただの傍観者でしかなかったね。」

「だからＡ君が生みの親の私も、単なる被災者じゃなく、法律に守られず、国の保護もない〈棄民〉に改名したよ。」

〈私〉国は、憲法に保障された人権を完全に無視！　憲法違反　の犯罪者になった。

Ａ・Ｂ君

「これからは、二人合わせて〈核災棄民〉*だね‼」

〈私〉君たちが言う〈核災棄民〉よく解りました。

何が解ったって?
それは私自身がナミエの〈核災棄民〉の一人だということ。
そして、「浪江原発訴訟」原告団設立され、加入を決める!
それは、まさに『浪江核災棄民訴訟』である!

＊若松丈太郎『福島核災棄民——町がメルトダウンしてしまった』(二〇一二年・コールサック社)

沈黙破る　核災棄民

平成三〇年一一月二七日
半年の周到な準備を経て
核災棄民一〇九名　『浪江原発訴訟』提訴
ＡＤＲ（裁判外紛争解決）
集団申し立てから
打ち切りまでの五年間
失われた命　八六四名
中立代表　馬場有（たもつ）前町長は
去る六月逝去　無念至極の旅たち
多くの無念の命を抱き　提訴する
ＡＤＲは　裁判をしないで
裁判の外で

早急に被災者を救済するために
国が定めた制度
そのADR打ち切りで
裁判の中で　争うこと自体
制度そのものの破綻を証明
　腹の虫が呟く
法令を遵守しないで　恥らうこともしない
国のツラを　見てみたい！
　腹の虫が叫ぶ
無責任な国・傲慢な東電
　理不尽は許さない！
核災の無残な実相を
　国民に周知させてやる！
役員の友人
原告団設立総会の日　母逝去
　ある者は　失われた命を背負い

「最後まで　生きていられるか
　死ぬに死にきれない」
少なくない者が
　残された命と引き換えに　闘う
瞬時に奪われた
ふるさと・コミュニティ
全ての収奪・強奪は許さない！
核災棄民　覚悟の闘いが
　今、始まる

「わたしたちの『浪江』を返せ！」
先導の横断幕
　小春日和に　力強く前進
来春　第二・第三次提訴と続く
　腹の虫がやけに吠える
正義は　我に有り！

戻れない〈核災棄民〉

三・一一フクシマから　一二年が経過
除染が終わり　帰郷してもう二年
心静かに見渡す　自宅からの眺め
変わり果てた　見慣れた風景

日課で楽しんだ　花木の剪定
除染で除去され　稀有になった花木
雑木林のたまご茸は　生涯食できず
一〇年経っても　五千ベクレルの汚染
ため池は枯れ　魚・水鳥の姿は消えた

それでも　山茶花、柊、ビワの花
椿のふくらんだ蕾、頭の垂れた南天の実

強風で　雨あられのごとく積もる落葉
記憶にある　風景のかけら
自然の蘇生力には驚き　癒される

生活の中に　ひっそり潜む放射線
二年間の被ばく線量は
　年二・三ｍＳｖ

国際放射線防護委員会の
　平常時の公衆被ばく線量限度は
　年一ｍＳｖ

環境省の再除染基準は
　年四・三五ｍＳｖ
除染の目標値は　年一ｍＳｖだったはず
環境省の再除染基準は

異常に高くはないか
自宅の再除染の要請は　黙殺された
日常生活は
　放射線被ばくの人体実験

転出した町民　六、〇〇九人は
帰還者　一、九六四人の　三倍超
住民登録者は　二八％減少して
　一五、五三三人に
　転出傾向は　急加速している
　　　　　　　　（二〇二三年一月末）

被ばく不安でも絆の失せた　ふるさと
元の街に戻ることもない　ふるさと
遠い記憶だけになった　ふるさと
　戻りたくても
　　戻れない〈核災棄民〉

眠れない夜

浪江原発訴訟は　提訴から三年七ヶ月
六月二二日の裁判から　原告本人尋問が始まる

五月二六日は　裁判官、原告・被告代理人による
現地進行協議が　開催された
当日は限られた時間で　分刻みの忙しい日程
核災で破壊された　ふるさとの実相を視察
私の自宅も　そのひとつ
二十数名が　一五分間のあわただしい踏査

今年三月二日　最高裁第二小法廷は
東電の上告を棄却
菅野裁判長ほか　四人全員一致の結論

中間指針を越える賠償を命じた仙台高裁判決が　確定
小早川東電社長は　被災者に文書で謝罪
あの日から一一年以上も経て　初めての謝罪
あわせて　国の中間指針は
〈核災〉の実相と乖離した　賠償基準と認定
重過失の中間指針の改訂は　国の早急な責務

六月一七日　最高裁第二小法廷は
国の責任を否定
最大の争点「長期評価」の信頼性は　言及せず
津波の予見可能性については　判断を示さず
可能性による仮定を根拠にした　恣意的な判決
最高裁の判決として　前代未聞の　有り得ない判決

国を被告にした一・二審判決は　二三件
それらは、根本的な争点について　全て言及

菅野裁判長ら三人は
下級審判決以下の　判決内容
威厳も品位もない　最高裁の歴史上　最悪の判決
今般の判決は
「統一判断」ではなく「分裂判断」
三浦裁判官は　異例の判決文の体裁で
反対意見を付した　最高裁の権威を堅持

国の責任を追及する闘いは　これからも続く

間もなく開催される　福島地裁の原告本人尋問
被告　国と東電の代理人は
どんな反対尋問が　できるのか
最初に　証人台に立つのは　原告一番の私
朝日の気配　夜が明けてきた

こころ待ちの裁き

六・一七最高裁判決（多数意見）は
最大の争点に言及・判断をせずに
国の法的責任を否定
原発事故で　国の責任を認めた
仙台・東京・高松各高裁判決を　破棄した
最高裁は　下級審の事実認定に　拘束される
何ゆえ　民事訴訟法*に違反し　破棄したのか
誤認による　自由心証主義の「事実認定」をしたのか

一ヶ月もたたず
七・一三東京地裁の　東電株主訴訟の判決がでた
その判決は
主要な争点　長期評価の信頼性

津波の予見可能性・結果回避可能性を
現地を視察して　確信をもって判断した
六・一七最高裁判決（多数意見）に
真っ向から対峙した
三浦裁判官の反対意見と　軌をいつにした内容

三浦反対意見は
原子力発電所に　本来要請され
法令に定められた　安全性の程度を　正確に理解
そして　長期評価の信頼性を　明確に認め
多数意見の事実誤認と　規範的判決の欠如を　冷静に指摘
下級審の裁判官に　模範の判例となった

最高裁においてのみ
少数意見の公表が認められている
その趣旨は

時を経て　少数意見が多数に転じることを
見据えたもので　過去に　その事例がある

下級審の東京地裁判決が
六・一七最高裁判決を　くつがえした
三浦反対意見が
今後　多数に転じる　さきがけとなった
原発訴訟判決は
各地方・高等裁判所で　これからも続く

三権分立は　民主主義の要
司法の独立と権威・信頼性が
今、問われている

いつの日か　こころ待ちの裁きが……

＊同法第三二一条一項（原判決の確定した事実の拘束）

道なかば

原子力損害賠償紛争審査会（原賠審）は
一二月二〇日　中間指針第五次追補を発表
三月に　最高裁判決が　中間指針を上回る
　賠償額と賠償項目を決定したが故
三・一一フクシマから　間もなく一二年
現地視察せず　短期間（五ヶ月）の机上策定
最終追補から九年　遅きに逸した見直しである

この間　全ての地裁・高裁判決は
　中間指針を上回る賠償額を認定
原賠審は　被災四町長の直談判にも　聞く耳持たず
　それどころか「ご理解をいただく」　平然とうそぶいた
第五次追補は　賠償項目・対象拡充等　一部は評価するが

指針構造の根本改定と重要諸課題が　山積している
まだ　道なかば

万が一にも有ってはならない　原発事故
安全操業を違法に放置した国
指針の加害者は　国と東電とすべきである
両者を加害者にした　全面的な指針改定が　必至

原発事故による自治体の歳入減、不要な歳出増は
原因者である加害者が　賠償すべき（民法七〇九条）
自治体の法人権侵害損失金は　賠償されるべきである
住んでもいない被災地の固定資産、住民税等を
避難者から徴収するのは不条理　加害者の責務である

放射線の半減期は万年単位　原発事故の特異性は
人間の生涯を超越した重過失の人災　それは

自然災害、無過失事故との決定的な相違
放射線被ばく不安は　被災者の生涯続く不安
国保税等の負担は　加害者の責務である
損害賠償請求権も　生涯の権利　時効は無期限に

原賠審は　集団ＡＤＲセンターの正当な和解案を
　度々無視　その結果　集団ＡＤＲは全て打切り
紛争解決センターの仲介には　法的強制力を付与すべき

行政府の責務は　法律で一元的に委ねられた権限で
　未然に原発事故を防止し　国民の生命と安全を守ること
　事故原因を究明し　教訓を政策に反映させること
政府は　新型原発開発、原発運転六〇年超への政策大転換
三・一一を忘れたのか　何を教訓にしたのか
ふたたびの　三・一一フクシマを危惧するのは　私だけか
　まだまだ　道なかば

〈核災〉原因の「規制の虜（とりこ）*」

一九五三年　国連で米国大統領アイゼンハワーは
　「核の平和利用」について演説
その直前　中曾根康弘が
　原子力発電所建設邁進の急先鋒に
国策は　科学技術的検証抜きで策定
主導した政治家と官僚は
　二〇年足らずで　原発建設を実現
　後世に多大な禍根を残すことに
その後「核の平和利用」の誤りは
　幾多の核災が　地球規模で証明
未処理の放射性廃棄物は
　半減期で百万年超の物質も

全ての原発は　地球を創傷する　人間のおごり
人間は　自然の一つの小さな命
　自然の創傷は　人間を自滅へと誘(いざな)う

生業訴訟仙台高裁判決（昨年九月三〇日）
国の規制権限不行使と　東京電力の安全操業義務の
度重なる違法行為を断罪
　過失責任による　人災と認定
原発事故の原因と責任は
　常軌を逸した「規制の虜」

国と東京電力は　傲慢にも否認　最高裁へ上告
誠実な猛省が　無ければ　繰り返す〈核災〉
あれから一〇年　次もここか　それとも
避難計画さえも無い　あなたのところかも

＊本書の第二部評論「規制の虜」一四二頁を参照

詐欺師の政府

過疎の植民地支配を背景にした　原発建設
　それ故の「安全神話」の欺瞞（ぎまん）
非科学的被ばく許容量の　緊急時避難宣言
　そして三地区避難再編と　避難指示解除
無用の被ばくと　避難の困惑を強いた
　国と県の　放射線汚染情報の秘匿（ひとく）
原賠審　被災五町を視察　地元町長「中間指針」見直し陳情
　その直後の対応は　聞く耳持たず『最終指針』の如し

早期救済の　多くの集団ＡＤＲ和解案
　規定違反し　東電は全て拒否　政府は黙認を堅持
除染中間貯蔵施設の使用期間は　あと二〇年
　「最終貯蔵施設」は　今も不透明
ニューモ（ＮＵＭＯ）* は従前の植民地施政
　地域振興は不実　地域の分断・対立は　常套(じょうとう)手段
今度は　放射性物質トリチウム処理水の海洋放出か
　意見聴取会　公募は形だけ
五年程前「理解なしに処分しない」―
　県漁連・全漁連との約束は　反故(ほご)に
核災は　過失の人災

国策の責任　無過失を理由に　逃避する政府

幾度となく　国民を愚弄し続けてきた
政府と東京電力の　「規制の虜」

恥知らずな棄民政治
その正犯は　詐欺師の政府

＊ニューモ（ＮＵＭＯ）
原子力発電環境整備機構〜目的は高レベル放射能廃棄物の最終処分場設置。北海道寿都町と神恵内村で文献調査実施中。

東電の社長さんへ

ふるさと
四季折々の豊かな自然
山・川・海の忘れられない思い出
友と汗を流した　天王山の登山
高瀬川・室原川での　鮎の友釣り
釣りの仕掛けは　父譲り
商工会青年部伝統の　桜祭り
仲間と実行委員会で始めた
サマーフェスティバル
請戸浜の地曳網大会・花火大会
商店街での　盆踊り大会
今では　なつかしい恒例行事

ふるさと
地域の人々との絆・絆・絆
ふるさとは　私を育み
私の人格の源泉そのもの

自然に融け込んだ　私の自宅
日々　喜びを与えてくれた　雑木林
春には
鶯が鳴き　山桜が咲きほこる
時には　散歩している　キジのつがい
うずらの親子との　出会い
出窓の前の樹木には
卵を抱く　山鳩の巣
秋には
色々な茸・タラの芽・ウド・山栗など
自然の恵みを　満喫

隣接した　ため池は
鯉・鮒・公魚の棲家
近所の子供　お年寄りが
釣りを楽しむ
庭先から　そんな姿を眺めるのが
私の　楽しみのひとつ
冬には
白鳥が飛来し　餌をやるのが日課
餌は　農家から頂いた屑米
自宅は　自慢の終の住処

東京電力福島第一原発事故
が起きる前までは……
あの原発事故は
一瞬にして　私の人生とふるさとを　破壊
住人の居なくなった　終の住処（ついのすみか）

今は　終わりの住処

東電の社長さん！
お勧め物件のご案内です
廃炉指揮の　社宅として
私の　終わりの住処
いかがですか？
二年以上も前に　避難指示は解除
続いて　内閣府の行政指導で
今年度から　固定資産税が課税
よく　ご存知ですよね
第一原発から　一〇km未満の近さ
これからの原発事故にも
すぐ　駆けつけて行けます
放射線量は　原発管理区域の一・五倍
あなた達が言う　安全なところです

放射能汚染も　毎日　体験できます
世界のなかでも　ここにしかない
お勧めの物件です
いかがですか？

酷　葬

ノートをかざし
メモ魔を装い
聞く力があると
自慢した　人
今となっては
詐欺師を演じた　狂画

誰の声を聞くのか
それが　肝腎
国民の叫ぶ声は
届かない
権力保持のため
自民党保守派の声だけを聞く

自分の首を絞めるのは
かってだが
民主主義のルール破壊は
許されない
フェイクと偽旗(にせはた)作戦で侵略している
プーチンの専制政治と　重なる

国民の六割以上が反対の
「国葬」
国民の分断を増幅させた
「国葬」
貧弱な弔問外交を露呈した
「国葬」
警察官二万人の厳重警備の
「国葬」

歴史の評価に耐えられるか
九・二七　安倍「国葬」
これは　禍根を残した
　酷　葬

この政府に
国民の未来を
託せるのか
世論の声が反映される
民主主義を取り戻せ
忘れてはならない
いつかきた道

ボールは我々の手中にある
希望の反撃となるか
今　それが問われている

歩み固かれ　目は遠く＊

資本の本性は

自然の「富」を「商品」に変える
限りない　利潤追求
その歴史は
生産力による　環境破壊の連続
結果は
人類と自然の物質代謝を　破壊
全ての原発は
地球を創傷する　人間のおごり
人間は
自然の小さな　ひとつの命にすぎず

自然の創傷は
取り返しのつかない　自滅へと誘(いざな)う

核廃絶・反動阻止・性、人種差別反対
環境、人権保護等
世界中に勇躍する　新しい社会運動
適正に保たれた　環境と社会基盤
ネットで結ばれた　自律市民
それは　公正な市民社会創造の　潜勢力

歩み固かれ　目は遠く

＊福島県立双葉高校（休校）校歌最後の歌詞
（作詞　土井晩翠）

あたり前の日常を

一八世紀中頃の産業革命を契機に
資本制社会は　急速な生産力の向上で発展
大規模な資本の集積・集中で　独占資本が誕生し
列強各国は　商品・資本輸出を経て
猛烈な　植民地獲得競争へ
一九〇〇年　地球上の全ての領土分割は完了した
列強各国による　領土再分割の闘争が始まった

第一・二次世界大戦は
　列強各国による　領土再・再々分割の闘い
プーチンの　ウクライナ特別作戦は
　国際法違反の侵略（領土分割）戦争である

それは　世界大戦の再来をも　危惧させる

二度の世界大戦の犠牲者は　八千万人
尊い犠牲で得た教訓は　戦争から平和へ
　専制主義から民主主義への　変革
平和と民主主義こそ
　未来へ引き継ぐ　歴史の教訓である
第二次世界大戦後の社会主義国は
民主主義的改革の生成・発展は見聞できず

ロシアは
　国際的にはウクライナ侵略戦争
　国内では　言論弾圧・人権蹂躙の
　厳しい政治反動が　常態化
　戦前の日本帝国主義に　酷似
ロシアは　露骨な社会帝国主義になった

ウクライナは
　祖国防衛と民族自決の闘争に
　多大な戦禍の犠牲を厭わず
ゼレンスキー大統領に　国民の総意を結集
　民主主義国の支援を受けて　奮戦している

ウクライナに
　平和と民主主義を
子供たちに
　あたり前の日常を

ことば

人類の最大の遺産は　ことば
想いを伝える唯一の手段である

理論の裏づけのない実践は　無謀
　実践の伴わない理論は　無力
理論と実践の統一の媒介は
感性と悟性と理性
直感の感性と範疇（はんちゅう）の悟性による
それらの連関を理性的言語（ことば）が統合し
　個人を自律させ　実効ある実践に
導く力を持っている

原始共産制から現代まで
　社会体制変遷の原動力は
　生産力の発展だった　それは
　産業革命以降　地球環境を破壊し
　自然の修復を不可能にした

現代は　個人がネットで結びつき
世界中で　組織されていない
大集団の出現を可能にし
共通の目的のために　自発的に
協同行動できる　時代になった
地球環境の保全はもとより
反核・反原発・護憲・人権保護
ジェンダー平等・ＬＧＢＴ等々
多くの困難も混在しているが
自律した市民運動を展開している

いつの世も
存在が意識を規定していた
しかし　現代は
無限に繰り返される
存在と意識の相互作用の後に
意識の反作用が
存在条件そのものを改革できる
時代になった
次世代の社会は　自然と共生し
生きる喜びを共有できる
生きるに値する　社会でありたい

紡いだことばには　自己変革と
自律した市民運動を実現する
潜勢力がある

ことばは　有史以来なかった
　歴史的な役割を有した
ことばに　未来の希望が託された

第二部　評論

ある〈核災棄民〉の闘い

Ⅰ章　人生の備忘録

人生の備忘録

（一）

四月二二日の朝、若松丈太郎さん（福島県南相馬市）の突然の逝去が報じられた。若松さんは、三年にも満たないお付き合いでしたが、私の心のよりどころになる導き手でした。五月二日の告別式に参列し、その後コールサック社の鈴木比佐雄代表と二時間ほど、故人を偲んで懇談しました。五月一六日午後三時頃、奥様のお許しをえて焼香にお伺い、一時間以上いろいろな思い出話をお聞きしました。

東電福島第一原発から一〇km圏内の浪江町に居住し、核災（原発事故）以降浪江町の津島、仙台市、佐渡市に避難し福島市の仮設住宅に落ち着いたのは、二〇一一年七月末でした。二〇一三年一二月、南相馬市に中古住宅を求め移住したが、なぜ悲惨な想いを強いられるのか。核災の原因と責任を明らかにしたいと常に思っていた。二〇一七年は、マルクス『資本論』発刊百五〇周年、レーニン『帝国主義論』発刊百周年の年でした。私の大学の卒論「『帝国主義論』基本論理についての一考察」を起点にした、自分なりの分析・解明を著作することにした。同郷の詩人根本昌幸氏から鈴木比佐雄氏を紹介していただき、同氏から若松丈太郎さんの著書『福島原発難民』と『福島核災棄民』をご恵与、紹介していただいた。若松丈太郎とのご縁の始まりです。古希を迎えた私は、若松さんとの大切な交流を生涯忘れないように、出会いとご教導を書き留めることにした。

（二）

二〇一八年五月一七日の午後二時、初めてご自宅を訪問しました。お会いするなり「先生と呼ばないで下さい」と言い渡され戸惑いました。今でも「さん」と呼んでいます。若松さんのご自宅は、偶然にも一㎞ほどの近所でした。私の自宅は相馬農業高校の南西側で、若松さんは東側でした。

私の目的は、ひとつは『福島核災棄民』からの引用のご了承でした。ふたつは、引用した私の原稿の批評依頼でした。ご了解をいただきたく、私の卒論の説明や社会科学の理解（唯物史観）について、必死にお話しました。静かでしたが真剣にお聞きいただいた印象で、気が付けば二時間近く経過していました。

帰宅する際に、著書『わが大地　ああ』と資料を拝領。私は思わず、「サインを下さい！」、と初めての面談で、失礼なお願いをしてしまいました。「わかりました」とペンをとりに立ち上がり、署名していただきました。私の大切な宝物です。

二日後の一九日の午後九時頃、若松さんから電話をいただき「直すところ、聞いて欲しいところがある」とのことで、二〇日の午前一〇時過ぎに訪問。原稿の句読点、記述方法、加筆修正などをご教授いただきました。

私の著書出版は、若松さんのご尽力、鈴木比佐雄氏の「解説」があり、日の目を見ることができたのです。

七月二八日の午後、『〈核災棄民〉が語り継ぐこと　レーニン「帝国主義論」を手掛りにして』を持参し、お礼のご挨拶にお伺いしました。喜んで収めていただき、私は、「詩人会議8　Vol56」（若松さんの詩「戦争したがっている国がある」掲載）と原稿「フェンスで囲んだゲートの向こう」をいただきました。

同年四月五日、浪江町集団ADR（町が主体で住民を支援し、地域コミュニティの価値を問う）が打ち切られ、訴訟の準備がすすめられた。「浪江原発訴訟」原告団の総会は、一一月一八日開催、私は原告団長に就任。同月二七日福島地裁に提訴。記者会見で団長挨拶を求められ、〈核災棄民〉の流布を目的に、初めての作詩「君の名は」を資料に発表した。

年が明けて二〇一九年一月一一日、若松さんから「初春」のハガキをいただいた。「御著の〈核災棄民〉が語り継ぐことの反響はいかがでしたか。新しい年がよい年でありますように」私の出版を気にかけて下さっていた。奥様の話では、新造語〈核災棄民〉は、生涯の関心ごとのようでした。

私は、翌一二日午後に訪問。「初春」ハガキのお礼と近況報告（「浪江原発訴訟」提訴と原告団長就任）をお話しました。一時間以上の懇談でした。

二月一七日、若松さんが、バイクで突然ご訪問された。『福島原発かながわ訴訟団資料集Ⅱ』（見開きに若松さんの詩「原因者が決めることなのか」掲載）をご持参。「浪江の訴訟に役立てて！　これ！」私に手渡すなりすぐに戻られた。不安定な運転の後姿に、心配と感謝を抱いたことが忘れられない。

五月二十日、「浪江原発訴訟」第一回裁判期日が開廷。私は、原告番号一番で意見陳述をした。若松さんのバイク資料は、心強い支援と励みになった。陳述の最後は「私は、原発事故の被災者を〈核災棄民〉と言っています。原発は、核爆弾の派生技術で誕生しました。福島第一原発事故は、まるで戦災の様な巨大な人災です。だから原発事故を核の人災〈核災〉と表現するほかないと思っています。加えて、浪江町民には事故当日、原発隣接町であるにもかかわらず、国から避難手段は何も手配されず、生死にかかわる放射能汚染に関する情報も、提供されませんでした。だから浪江町民は、国から見棄てられた〈棄民〉です。本件訴訟の原告らは皆〈核災棄民〉です。」

＊1　自著出版後の〈核災棄民〉執筆活動等についてはまとめて後記する。

九月一日、法要を終えたばかりの午後のお忙しい時にもかかわらず、しばらくご面談していただきました。福島大学経済学部の後藤康夫特任教授が、私の著書の書評を執筆し、その報告と説明のための訪問でした。その時若松さんは、東京地裁の東電強制起訴裁判の判決（九月一九日）を、心配されていました。多数の証言は、有罪を確信させるものであることを確認しましたが、結果は残念な忖度判決でした。

この時も貴重な資料、「脱原発社会をめざす会」No.16と「福島県双葉郡の詩人、偉人伝」の原稿の一部（舛倉隆氏）をいただきました。舛倉氏を訪問し、懇談されたそうです。また、縄文文化のお話、浪江町浦尻の貝塚、双葉町の清戸迫横穴のお話をしていただきました。その時、私が清戸迫横穴[*2]の第一発見者であること。小学生から縄文時代の土器、やじり等の石器、浦尻の貝塚の収集が趣味だったこと。また舛倉隆さんと面談し『原発に子孫の命は売れない　舛倉隆と棚塩原発反対同盟二三年の闘い』（恩田勝亘著　七つ森書館）をご本人から購入し、サインをいただいたことをお話ししました。若松さんのお話には、不思議な近親感を持ちました。

二〇二〇年一月七日午前、新年の挨拶に訪問いたしました。懇談の途中で「私がやってきたことに、どんな意味があったのだろうか」、不安げな若松さんの様子が印象に残った。私は、文芸等の現代的意義について、私論をお話ししました。以前に、詩人の先達の方から同様の問いかけがあり、人文科学の現代的意義について、スケッチ的に検討していた。帰宅の際、若松さんからは『いのちの籠』四四号（「福島からの近況報告」を掲載）をいただく。

四月二〇日、右記のスケッチ的私論をエッセイ『新しい社会構成体における文芸等人文科学の歴史的役割概論』にまとめ、若松さんへ郵送しました。二五日、若松さんから礼状が届く。

要旨は「現代における文芸等人文科学が担う歴史的使命についてのご論考を拝読し、共感いたしました。ありがとうございました。」でした。小さな文字の追記で、安堵を覚えました。

二〇二一年四月三日「3・11から10年、震災・原発文学は命と寄り添えたか」をテーマにした「震災・原発文学フォーラム」に実行委員長の若松さんが、寄せた最後のメッセージです。「人類にはことばがあります。ことばによって、人類がこれまでに学びとったことがらすべてを、未来の人類へ伝え残すことが、なによりも大事な役割だと考えます」。

二〇二一年一月中旬、『「三・一一フクシマ」から一〇年』を迎えるにあたり、私は一〇年総括の作詩を試みた。近況報告を添えて、その詩の批評のお願いの手紙を出しました。若松さんの返事は、一月二五日付けで着信。浪江町自宅の環境整備のため、昨年一〇月頃から南相馬市と浪江町を、行ったり来たりの私の二重生活を心配してくださり、丁寧な批評もいただきました。六章の総括詩の内三章は、「高く評価します」でしたが、あとの三章については、「つめ込みすぎて、しかも漢字が多く使われているため、読む人に抵抗感を与えるのではないでしょうか。テーマをしぼって表現するのがいいと思います。」と手厳しいけど暖かい批評をいただきました。最後に「きょうは暖かな日です。春近い感じです。二〇二一年をいい年にしたいものです。お元気で！」と結ばれていました。

私は、身体の具合が良くないと聞いていた。「お元気で！」の結びの言葉で、不安がよぎった。四月三日の「震災・原発文学フォーラム」で、元気にお会いできることを願った。三月一五日、『夷俘の叛逆』ご恵与と、総括詩批評のお礼の手紙を、若松さんのご自宅ポストに投函。「…私は、我が強くて読み手にとどく表現に無頓着でした。私にとって『夷俘の叛逆』は、生きた教科書になりました。ありがとうございます」。

そして、以前お話した双葉町の清戸迫横穴「発見」のエッセイ原稿を同封。それが、私の最後の手紙になりました。

＊1　自著出版後の〈核災棄民〉執筆活動等

二〇一八年
一二月　詩「君の名は」「コールサック」96号

二〇一九年
三月　講和「〈核災棄民〉が語り継ぐこと」原発のない福島を！　県民大会（参加者千七百人主催者発表）
三月　詩「沈黙破る〈核災棄民〉」「腹の虫」No.9
九月　エッセイ「福島地裁意見陳述」「コールサック」99号
一二月　詩「あれから八年半」「コールサック」１００号

二〇二〇年
三月　論文「第九章集団ＡＤＲ打ち切りと浪江原発訴訟」（共著『二一世紀の新しい社会運動とフクシマ』八朔社　後藤康夫・宣代編著）
六月　評論「新しい社会構成体における文芸等人文科学の歴史的役割概論」「コールサック」１０２号
七月　寄稿「ある核災棄民の闘い」「つうしん」No.２１４（日野・市民自治研究所機関紙）
九月　講和「核災棄民から歴史の変革主体へ」（参加者五〇人　主催　盛岡医療生協）
一一月　寄稿「あれから九年半」「つうしん」No.２１８（日野・市民自治研究所機関紙）

一二月　詩「三・一一を忘れない」「コールサック」１０４号
二〇二一年
三月　詩「『三・一一フクシマ』から一〇年」「コールサック」１０５号
六月　エッセイ「五十五年前の『発見』清戸迫横穴」「コールサック」１０６号
六月　詩「憂える帰還」「コールサック」右同
＊２　後掲の「五十五年前の「発見」清戸迫横穴」一二三頁を参照

（三）

若松さんとの出会いは、私にとって奇跡でした。核災（原発事故）の原因は、現代資本主義の寄生性・腐朽性のひとつの典型である、国と東電の相互関係「規制の虜（とりこ）＊」であった。

「原子力の平和利用」、「安全神話」に騙され、取り返しのつかない自然破壊による被災者が、〈核災棄民〉であった。

若松丈太郎さんのひとつ目の導きである。

全世界に広範に拡大している多種多様な、自律した市民運動（核廃絶・政治反動阻止・性　人種差別反対・環境保護・人権擁護等）は、次世代の市民社会を構築する主体的勢力としての潜勢力を持っている。政治組織とは無関係で、ネットで結ばれた組織を持たない新たな市民運動である。それは、資本主義、社会主義社会を問わず、全世界で共有する新しい民主主義の源泉である。現代の文芸等人文科学が、自律した市民の秘められた潜勢力を増幅させ、社会変革の原動力になっている。

従来の唯物史観は、下部構造の経済（生産関係と生産力）が原動力になり、上部構造（政治）を変革し、それに追随して文化・イデオロギー諸形態も変革するという定義だった。私は、脇役と思われていた文化・イデオロギー諸形態、特に文芸等人文科学が、今の社会体制の未来にある、本来の市民社会を創造する潜勢力のひとつに成り得ると、確信するに至った。

若松丈太郎さんのふたつ目の導きである。

＊「規制の虜（とりこ）」

更田豊志原子力規制委員長の職員訓示（三月一一日）

「…規制当局が電力会社などに逆に取り込まれていたと指摘された点に関しては「解消されたと考えてはいけない。『規制のとりこ』への恐れはずっと意識され続けるべきだ」と述べた。」

福島民報三月一二日

若松さんのふたつの導きは、四六年前執筆した卒論の国家独占資本主義分析視角の論理を発展させ、現代資本主義分析手法の示唆をしていただいた。文芸等人文科学とりわけ

「詩」は、私の人生では別世界でした。若松さんとの三年未満の交際は、「詩」の魅力と感動にとどまらず、長年の私の夢実現に導いてくれました。

五月一六日、若松さんのご自宅へ焼香にお伺いしたときに、奥様からふしぎな縁をお聞きした。丈太郎さんは、大和田秀文先生と生涯の仲良しで、チェルノブイリ原発事故の視察研修は、彼の誘いで実現したと聞きました。大和田秀文先生は、私の中学二年生の社会の先生で、夏休みの宿題で浦尻の貝塚収集ケースを提出したことがありました。先生の浪江町のご自宅は、私の家から六百mほどで、〈核災〉前は畑作をいただき、時には町政のご意見をお伺いしていました。

最近『裁かれなかった原発神話――福島第二原発訴訟の記録』（松谷彰夫著二月二五日かもがわ出版）が発刊された。一九七五年一月七日住民四〇三名が、東電福島第二原発の設置許可取り消し求め福島地裁に提訴。一九九二年最高裁で棄却され原告敗訴が確定した、裁判闘争の記録です。四万字に及ぶ訴状は、三・一一フクシマの原発事故を彷彿させる「まるで東電第一原発の事故の実況を見ているよう」（同書一七二～三頁）な内容でした。それは、スリーマイル島原発事故の四年前、チェルノブイリ原発事故の一一年前で、物理学者等の科学的分析の論証でした。若松さん大和田先生方のチェルノブイリ原発事故の視察は、現実化した核災の実地検証だったのではないか。一七年半の長い年月の裁判闘争で、大きな勢力だったのが県立高教組の先生方で、大和田秀文先生（県教組）も同志[*]でした。私も一九七七年から一〇年間ほど、裁判闘争を支援した。当時から、若松さんと親交あった先生方々が近くにいたことを知り、ふしぎな縁を感じました。

若松丈太郎さんは、庶民の立場から歴史の真実を語り続け、確かな道標を示してくれた先覚者です。

偲ぶ会で奥様は、「若松丈太郎は宇宙塵になりました」と挨拶されました。その「塵」は、私には昇天された巨星に想えます。

焼香を終えて帰り際に、「遺言どおり戒名をつけない無宗教葬で、遺影を飾りました……写真を見に来てくださいね！」の再訪のことばを拝聴。思わず遺影を仰視し、帰路についた。

＊『六十人の証言』（一九七三年九月、日本科学者会議編集）発刊について
東電第二原発原子炉の設置に係る公聴会が開催（同年同月）された。それは、反対者は一五人で賛成者が二七人と、賛成者に偏重した「やらせ公聴会」だった。

日本科学者会議は、不当に封じられた反対意見書を右記の冊子に編集し、公聴会の場で原子力委員会に提出。大和田先生は、六十人のひとりで二件の証言（「巨大原発の集中立地にともなう重大事故等への不安について」と「温排水の具体的調査計画について」）をされた。

「コールサック」一〇七号

〈核災棄民〉が語り継ぐこと

ご紹介いただきました鈴木正一です。〈核災棄民〉が語り継ぐこと、をテーマにお話させていただきます。

私は生まれも育ちも双葉郡浪江町です。東電福島一Ｆから一〇km圏内の川添に住んでいました。時間が経てば被災者の心身のストレスは和らぐと言った方々がいました。しかし、当初は、先行きの見通しが全く分からず、持病も悪化し、やり場のない怒りと不安だらけの避難生活でした。八年が経過し避難指示は解除されましたが、難題が次から次と提起され、ストレスは増え続けています。今日は、私自身の体験をお話して、一被災者の実態についてご理解を賜ればと思い、ここに立っています。

私は、震災の翌日一Ｆの水素爆発をテレビで知り、夫婦で妻の実家の津島（浪江で最も放射能に汚染された地区）に避難、三日後に娘の居る仙台市、そして佐渡市、七月福島市の仮設住宅に移転しひと息つきました。五回目の引越しで南相馬市に中古住宅を求め、六年が経過現在に至っています。私の母は、浪江町の特別養護老人ホームから栃木市の特老に避難しましたが、その際の疲労が原因で寝たきり状態になり、震災の翌年六月に亡くなりました。原発関連死二二七一人（三月一三日現在）の一人になりました。

私は原発事故の被災者を〈核災棄民〉と言っています。

原発は核爆弾の派生技術で誕生した、核爆弾の弟分です。その事故は、自動車事故の様な当事者間の個別的・偶発的な事故とは、似ても似つかわない事故です。広域的で被災者が一〇〇万人にも及び、更に放射能汚染は次世代以降の子供達にそして動植物の生態系に悪影響を及ぼす、巨大な規模の構造的な人災でした。だから私は、原発事故を核の人災・核災と言っています。

又、私たち被災者は法律にも守られず、国の保護もありませんでした。国は「原子力緊急事態宣言」を発し、本来の法令で定められた被曝限度、年間一ミリシーベルトを超えた、年間二〇ミリシーベルトを超法規的対応と称して、避難指示の基準にしました。年間二〇ミリシーベルトという被曝量は、かつて「放射線業務従事者」に対して、初めて許した被曝の限度です。八年が経過した現在でも「原子力緊急事態宣言」は解除されず、超法規的対応という違法行為は継続しています。

浪江町民には、原発立地町に国から手配されたバス等の避難手段は、まったく有りませんでした。原発事故の情報もなく、放射線汚染の情報・SPEEDIと米軍の空間線量測定も非公開・生死に関する情報は秘匿されました。だから私達たちのことを法律にも守られず、避難手段・情報も無く、国から切り捨てられた棄民だと言っています。

原発事故の被災者を、〈核災棄民〉と言う所以です。実は、〈核災棄民〉という言葉は、南相馬市在住の詩人・若松丈太郎さんが造った造語です。同氏の著書『福島核災棄民』平成二四年に発刊、是非ご参考にして下さい。

次に浪江町の集団ADR・裁判外紛争解決手続き、についてお話しします。震災により核災が発生し、法定機関である原発事故損害賠償紛争審査会は、五ヶ月後には現地・被災者の実態調査もせず机上の議論で、東電の損害賠償の基準を定めた「中間指針」を発表、被災者を早急に救済することを目的に、原子力損害賠償紛争解決センターを設置しました。しかし、「中間指針」の精神的慰謝料の損害賠償基準では、原発事故は自動車事故以下の評価でした。

東電の賠償に納得できず、棄民だという強い気持ちから浪江町民は、平成二五年五月二九日に町民一五、七八八名による集団ADRを申し立てました。一〇ヵ月後平成二六年三月二〇日仲介委員が和解案を提示。私達は二ヵ月後の五月二六日に、不満足ながらも受諾を表明。しかし東電は、再三再四にわたる仲介委員の説得を無視し、約四年間にわたり六回拒否し続けました。そして昨年四月五日、ＡＤＲが打ち切られました。

この間東電は、二回の総合特別事業計画を発表し、そのつど「東電としては、……原子力損害賠償紛争解決センターから提示された和解仲介案を尊重する」とは言っているものの、「中間指針」を根拠に拒否するという自己矛盾に陥った、傲慢な態度を繰り返しました。

私達は、昨年一一月二七日「浪江原発訴訟」を福島地方裁判所に提訴しました。四九世帯一〇九名の原告団です。私は原告団長に就任しましたが、第二次・三次の原告団の提訴を予定しています。八件の集団ＡＤＲ打ち切りで提訴したのは、今のところ私どもだけのようです。

「浪江原発訴訟」の被告は国と東電です。請求内容は避難慰謝料の増額、そしてコミュニティ破壊、被曝不安、期待権侵害の各慰謝料です。東電のＡＤＲ和解案拒否に対して、期待権侵害の慰謝料を請求したのは初めてです。ＡＤＲ集団申立てから打ち切りまでの五年間で、失われた命は八六四名です。申し立て代表の馬場有前町長も、昨年六月逝去。残念至極の旅立ちでした。

ＡＤＲは、裁判の外で早急に被災者を救済することを目的に、国が定めた制度です。それが打ち切られ、裁判の中で争うこと自体、制度そのものの破綻を証明しています。現行のままでは刑事事件の加害者である東京電力が、実質的な決定権を持っています。「中間指針」の見直しは緊急の課題です。

次に私の浪江の自宅除染について申し上げます。避難指示は一昨年の三月三一日に解除されました。その一ヶ月前に開催された避難指示解除説明会では、各人の自宅の除染効果は不充分、ため池の除染方針は不明で反対の声が多く出されましたが、避難指示解除は実施されました。私の自宅南側にため池が有りますが、その除染は、避難指示解除から一年八ヵ月経過した昨年の一一月に、ようやく始まりました。浪江町に三二ヵ所あるため池の初めての除染工事です。宅地除染も不充分、ため池除染の方針もない中での避難指示解除の強行は、何の為だったのでしょうか。

環境省の調査では、昨年八月二一日現在の自宅の雑木林の空間線量は、〇・九五マイクロシーベルトです。居住できない土地・建物に、来月平成三一年度から固定資産税が課税されます。昨日の議会で可決決定されました。実は浪江町の場合は、平成三〇年度から課税されていました。町の減免処置等で町民には実質的な負担がなく、課税の実態が見えなかったのです。そういえば二年前の避難指示解除説明会で、内閣府の役人が避難指示解除後二年経過したら、固定資産税を課税すると説明していたことを思い出しました。固定資産税を課税するための避難指示解除だった、と思わざるを得ません。

ある地方自治体が、固定資産税未収分の損害賠償を、東電に請求したらゼロ回答でした。その理由は紛争審査会の「中間指針」に、東電に対する損害賠償の対象にはならず、住民の担税能力、税の支払い能力が回復したら、固定資産税を徴収しなさいと書かれているからです。住民の担税能力が回復されることなど有り得ません。浪江町の場合、帰還しないと決めた人が四九・九％で、一月末現在帰還した人は八九六名・核災前の四％にすぎません。それでも帰還しない町民も含め、放射能に汚染された価値もわからない固定資産に、課税させるのが国の行政指導なのです。これが被災者に寄り添うと言っている実態です。原発事故が原因で支出せざるを得なかった行政費用（歳出）及び失った収入（歳入）は、すべて原因者負担が原則で東電が負担すべきです。ここでも「中間指針」の見直しが焦眉の課題だと言うことができます。


次に東電旧経営陣の強制起訴裁判・横浜地裁の原発事故集団訴訟判決と安倍首相の国会答弁について申し上げます。

現在進行している東電旧経営陣三人の強制起訴の裁判で、禁錮五年が求刑されました。先日その説明会に参加し、私が特に注目したことがあります。それは公判の中で検察庁の

「検事調書」が明らかにされ、東電旧経営陣三人の責任の実態が分かっていたのに、不起訴処分にされたことが明らかにされたことです。東京地検の起訴方針がどこで、誰の判断で闇に葬られたのか不明です。この刑事裁判では、検察庁の不起訴処分に関する国の責任を明らかにすることも、重要な課題になっていると報告されました。先日一二日被告三人の最終弁論が行われ、九月一九日に判決が出るとのことです。

先月の二〇日横浜地方裁判所で「福島原発訴訟」かながわ原告団提訴の判決が出されました。津波被害と原発事故の防止は国と東電の責任であったことを認め、「中間指針」を超える賠償を認めました。国の責任を認めたのは五例目で、現在の「中間指針」に基づく被害救済が、不充分で被害の実態を反映したものではないことを、改めて浮き彫りにしました。一昨日千葉地裁第二陣の判決があり、国への請求は退けられたものの、東電には一部賠償を命じました。避難者の苦痛に見合った救済を実現するためにも、国は積み重ねられた地裁判決を真摯に受けとめ、「中間指針」の改訂をするべきです。

先月二月二五日衆議院予算委員会で、安倍首相はＡＤＲの和解を東電が拒否し、打ち切りになる事例が相次いでいることについて、「東電が誠実に対応するよう経済産業省から指導する」と答弁。そして、二八日世耕経済産業大臣は、同委員会で「東電は今まで以上に個別に丁寧に連絡をとって、和解に至るよう努力すべきだ。そのように東電を指導していく」と答弁。集団ではなく個別ADRの再申し立てに対応するという指導は、分断を目的にした集団ADRそのものの否定であり、従来の東電のやり方を更に強く勧めるものです。既決の地裁裁定を無視した東電に寄り添った指導で、あきれ返るばかりです。紛争審査会も、「直ちに中間指針の見直しを検討する状況ではない」という態度です。

安倍首相は、施政方針演説で「復興が成し遂げられるその日まで国が前面に立つ」と決意を示しました。本気で被災地と被災者に寄り添う気持ちがあるのであれば、第一に早急に「中間指針」を見直すこと。①ADR和解案に強制力を付与する、②自動車事故以下の精神的慰謝料損害賠償基準の改訂、③核災の実態に見合った損害賠償対象の追加、コミュニティ破壊・被曝不安・期待権侵害・固定資産の評価損等です。第二に「原子力緊急事態宣言」を廃止して、法定被曝限度の年間一ミリシーベルトの環境再生に総力を尽くし、第三に二年後に時効が迫っている原発被災者の損害賠償請求権を再延長することです。現在、原発集団訴訟は全国で三〇件ほどあります。相違した司法判決が続く中で、国の責任と統一された賠償基準に基づく東電の責任が確定されるのは、最高裁の判例です。更に時間がかかりますが、時効の期限がその日まで延期されるのは法治国家の常識です。東電の時効による被災者救済逃れを許してはなりません。ふるさとはすでに限界集落以下に陥っています。強制避難を強いられ、無人のまま放置され荒廃したふるさと。その再生は国の責任です。

最後に核災後、国の東電と電力業界に対する主な財政的・政策的施策の一部に言及します。すでに皆様ご存知のことと思いますが財政的には、除染及び廃棄物諸費用の全額負担、一Fの凍土・遮水壁費用三五〇億円の全額負担・利息は別、賠償金の財源は国の貸付金・限度額一三兆五千億円・償還条件・利息は不明です。政策的には、原発事故の根本原因を究明せず避難計画もない中での核発電の運転再開、東電ADR拒否の根拠になっている「中間指針」の固辞、核発電の海外輸出とその為の政府系金融機関・国際協力銀行の金融支援の再開などです。

国の東電と電力業界に対する施策のごく一部を紹介しましたが、企業本位の施策ばかりです。戦後、国策として電力業界と二人三脚で進めてきた原発開発、核災後の加害者東電に対する手厚い対応、それらは政財界の構造的癒着そのものです。一〇〇年前、国家権力と独占資本の関係を「寄生的で腐朽的な資本主義」であると規定した人がいました。それこそが核災・原発事故の根本原因だったではないでしょうか。

核災の弊害は、失われた生活を取り戻す切迫した難題として山積し、一Fの完全廃炉・

帰宅困難区域の完全除染、そしてふるさと再生の日まで、はてしなく続きます。その日を迎えるまで、〈核災棄民〉の戦いも限りなく続きます。皆様のご支援をよろしくお願いいたしまして、私の話を終わります。ご清聴ありがとうございました。

二〇一九年三月一六日　「原発のない福島を！　県民大集会」講話

五十五年前の「発見」　清戸迫横穴（きよとさくおうけつ）*

今年の二月下旬、一冊の詩集が届いた。『母なる故郷 双葉――震災から十年の伝言』（コールサック社刊）である。〈核災棄民〉の被災の実相が綴られている。脳梗塞を患い、不自由な左手でキーボードを一つ一つたたきながら綴った詩集で、お孫さんへの形見の伝言である。

詩集を手にしたときに驚いた。詩集カバーの表装が、清戸迫横穴の壁画であったからだ。それは、五十五年前に私が、双葉高二年生の秋に「発見」した遺跡であった。偶然に発見した時の記憶が甦った。横穴の中に入ったら、真正面に時計回りの渦巻状の朱色の太い線が、猟師の右肩につながっていて、回りには小人の猟師や鹿と思われる動物等が、描かれていた。表装の写真よりはもっと色は鮮明で、下地の壁色も均一だった。

筆者の斉藤六郎氏は、福島県内の高校教師を三十八年間務め、その後は、故郷双葉町両竹（東京電力福島第一原発から三km圏内）の行政区長を、震災時も含め十数年務めた方だ。

私は、詩集に引き込まれ一気に読了。久しぶりに福島県立双葉高校（現在は核災で休校）の卒業アルバム（一九六九年）を覗いてみた。教職員の写真を見たら、斉藤先生が写っていた。

当時、双葉高校で一緒に時間を過ごしていた偶然に驚いた。

双葉町教育委員会の吉野高光学芸員に、清戸迫横穴の資料をお願いしたら、快諾して下さった。頂いた数点の資料では、発見された時の様子を「――偶然に発見された――」の表記だけで、詳細な状況については記述されていなかった。

発見された当初の話題は、壁画の歴史的な価値が主に取り上げられた。誰がどの様にして発見したのかは、調査の対象ではなかったようだった。私は、進学の準備に集中し、煩わしい事に関わりたくなかった。それ故に、自己申告の機会を逸してしまった。又、太陽を連想した渦巻状朱色の太い線の一部を、爪で二～三回掻いた（染料が壁にしっかり染み込み固くて無傷）ことも、自己申告を躊躇させた。

斉藤六郎先生の詩集を介した、清戸迫横穴壁画との偶然の再会。そして、吉野高光学芸員が、私との話で幾つかの謎を解明できたこと。思いがけない幾重の偶然。書き留めて置くことは、自己申告をしなかった私の義務だと悟った。

二年Eクラスで自習をしていた時、史学部の遺跡発掘調査の事を知った。場所は、近くの小山なので一人で向かった。私は、小学生の頃から縄文時代の土器、やじり等の石器、貝塚（浦尻地区）の収集が趣味で、興味を抱いたのはごく自然であった。

発掘現場までは、双葉高校敷地の南側に流れている前田川の木造橋を渡り十分程度の所だった。現場では、史学部員が竹ベラで発掘活動（平場）をしていた。私は、邪魔にならないように、造成が終わった平地と削り取られた山壁（傾斜六十度程度か）の道路際の山壁を、スコップで削り掘っていた。数回スコップを壁に押し込み、土砂を削り取っていたら、突然「スポッ」と深く中に入っていった。空洞の存在を推認できた。夢中で土砂を掻き出した。外光で中が見えるようになって、状態を確認することができた。気が付いたら、私は横穴の中にいた。史学部員は、誰も分からなかった様子。

中に入って絶句。真正面に奇麗な朱色の大きな壁画を発見した。私はその瞬間、千数百年前の空気を、呼吸している事に感動、何度も呼吸を繰り返した。横穴の中にいたのは、二十分程度だったと思う。その時の横穴状況について、箇条書きする。半世紀以上前の出来事であるが、今でも鮮明に記憶している事を書き留める。
①中は半球状で空気は、カビなどの異臭は無くヒヤーとした冷気であった。外気との違和感は、とくに感じなかった。水は無く湿気も感じなかった。
②土砂に埋まっていたので、出入り口の状態は確認できず。
③横穴内には、土器、石器その他の遺物は無かった。

④壁と床との接点には、排水のためと思われる溝が掘られていた。溝は、出入り口まで
　続いていたと思われた。およそ、幅は五～六㎝、深さ一㎝程度。
⑤横穴の頂点から床までの壁面に、逆二等辺三角形が掘られていた。三角形の頂点
　（下）は、底辺（上）より深く掘られていた。横穴内の湿気を壁に吸着させ床の溝ま
　で誘導する、天井から直接床に水滴を落下させない、工夫だと思った。
⑥横穴は山の頂上付近に有り、横穴を背に左側の向こうに太平洋が見えた。族長の居場
　所かと思った。数日後、職員室前に横穴から見渡せる全景写真が掲示された。

一九七〇年福島大学に進学し、同年九月に開館した福島県文化センター（現とうほう・みんなの文化センター）の大ホールへ行った時に、舞台の緞帳の絵柄が清戸迫横穴の壁画であったのに驚いた。同級生に「あれは、私が発見した壁画だ！」と、自慢げに語りかけたことを思い出した。貴重な発見であったことを、その時初めて諭された。二〇一二年十一月四日浪江町主催の核災後の住民説明会が、同センターで開催された。その時も舞台の緞帳は、清戸迫横穴の壁画であった。

斉藤六郎先生の詩集が縁で、双葉町の貴重な遺跡の謎解明に少しでも貢献できれば、そして当時自己申告をしなかった、罪滅ぼしになればと思う。現在、南相馬市と浪江町の二重生活を余儀なくされているが、ストレスは軽減されるどころか、増すばかり。詩集は、

〈核災棄民〉の厳しい避難生活を癒す、抱きしめたくなる清涼剤になった。
斉藤先生には、読了したその日に礼状を認めた。

＊　清戸迫横穴の紹介

『月刊文化財』令和二年五月号（文化庁監修）に寄稿された、吉野高光学芸員の紹介文を引用する。

「史跡清戸迫横穴は、渦巻き、人物、狩猟風景などに特筆される…、古墳時代の壁画の中でも東日本を代表する壁画…。横穴は、福島県双葉郡双葉町新山字清戸迫地内に在所する、三〇〇基を超える清戸迫横穴群のうちの七六号墓であり、昭和四十二年の工事中に偶然発見（十一月三日）され、翌年五月十一日に国史跡の指定を受けている。」

「コールサック」一〇六号

新しい社会構成体移行私論[*1]

この概論は、二〇一八年の大晦日に投函した手紙を基に書き留めたものです。大変お世話になった先達宛の答礼の返事でした。大きなテーマにもかかわらず、乱暴な素描であったと反省していましたが、当時の問題意識を今後の課題として備忘記録しました。

一、新しい社会構成体

(1) レーニン『帝国主義論[*2]』後の世界

『帝国主義論』第一規定「独占資本主義」の五つの標識は、一国内での定式であった。第二次世界大戦後の現代は、国際的規模である多国籍企業、IMF体制、加えて高度先端科学、情報産業（第四次産業革命と呼ばれている）等は、レーニン時代には存在してなかった。また、第五標識の領土的分割の完了後は、国家資本による直接投資（経済協力機構、一帯一路構想等）により、政治・経済、国際的安全保障による体制内及び資本・社会の両体制相互間の争いが日々展開されている。

(2)現代の資本主義国と社会主義国

資本主義の基本的矛盾(生産の社会化と資本の私的所有)を焦点に、両体制の共通点と相違点を考える。

資本主義の基本的矛盾は、第二次世界大戦後更に激化しているが、第二規定「寄生的・腐朽的な資本主義」の「引きつけ」により、生産関係から発する矛盾・不満は抑えられ、「主体的契機」の成熟度は低い状態である。生産の社会化は極端に促進され、資本の私的所有も形態変容(証券市場の開設と発展)した。生産の社会化は、生産関係の担い手である労働者が未熟であるが故に、「主体的契機」に成り得ず社会主義のための物質的前提には至っていない。第三規定「死滅しつつある資本主義」が定式される事態ではない。

社会主義国は、資本主義国との競争も有り生産の社会化は資本主義国同様に、大いに促進されている。しかし、資本の所有形態が、一党独裁の国家所有であり、生産関係は国家権力の統制下にある。「主体的契機」は存在していないに等しい。社会主義国も、社会主義の物質的前提となる担い手が存在していない。両体制の中に社会主義の物質的前提となる担い手は、存在していないのである。

資本主義国は、土台（経済・下部構造）から規定された国家権力であり、社会主義国は、政治・上部構造の独裁権力による国家である。現代社会主義国の政治手法は、レーニン時代の「帝国主義」に酷似している。以前の「帝国主義」同様に、人権の確立・言論の自由・結社の自由等で、反動的である。今の社会主義国は、「社会帝国主義」と言っても過言ではない。

（3）「主体的契機」の新しい担い手

人類は、第二次世界大戦で大きな犠牲を払い、二つの教訓を得た。一つは戦争から平和へ、二つは絶対主義から民主主義へ、である。民主主義が進展し、その限りない実践の繰り返しが「主体的契機」を成熟させ、その力の増大が必然化された時に「資本の私的所有」及び「独裁権力による国家所有」が、国民（自立した市民）の所有になる。その時に初めて、生産の社会化は社会主義の物質的前提に成り得るのである。すなわち、国家権力の奪取（革命）は、武力装置からではなく、新しい民主主義の限りない進展が源泉になる時代になった。

レーニン時代の「主体的契機」は、労働運動と民族自決運動であった。その後の幾多の民主主義の進展（普通選挙、男女同権等）を経て、現代は資本主義国・社会主義国を問わず、ネットワークを媒体にした組織化されていない自立した個人の集団が、「新しい社会制度」創出の潜在力になっている。国内、国際を問わず大きな社会運動[*3]になっている。反核反原発・地球温暖化・開発と自然破壊、安全保障と憲法改悪、女性地位向上、#ＭｅＴｏｏ運動等、各分野で多様な生活に密着した市民運動が、各階層に形成され活動している。

二、文芸等人文科学の歴史的使命

唯物史観は、生産力と生産関係が生産様式を形成して、それが社会構成体の土台・経済（下部構造）になる。政治（上部構造）と文化イデオロギー諸形態は、究極的にはその土台に規定されつつそれぞれ、一定の独自性を持ち土台に対して反作用を及ぼす。社会構成体は、生産様式の発展度合いで、原始共産制、奴隷制、封建制、資本制、社会（共産）制の五つの段階がある。

原始共産制から資本制までの社会構成体の発展の原動力は、生産力と生産関係（生産様式）であった。しかし、現代の資本主義・社会帝国主義の時代においては、文化（文芸等人文科学）イデオロギー諸形態の政治（上部構造）と経済（下部構造）に対する反作用が、これからの社会体制の画期をつくる原動力に成りえると思う。

すなわち、自立した個人の民主主義的思考の伸展に文芸等人文科学の果たす役割が、過去の社会構成体移行の時よりも大きな力を発揮する。それが、「主体的契機」に変わる新しい社会構成体を構築する、自立した個人創出の原動力と成りえるのである。

最近私は、文芸等人文科学が歴史的に特別な役割を担っていると思う。政治・経済・文化イデオロギー諸形態は、色々な現象が日々現れては消えている。ひとつの現象を必然化させた原因について、理論的であれ感覚的であれ知覚することができれば、その現象の本質を究明することができる。また、同じ本質から派生した現象やそれとの相互関係についても解明できる。

「理論の裏づけのない実践は無謀であり、実践の伴わない理論は無力である」。先輩の教えであったが、それは真実である。私は、「理論と実践の統一」の具体化の媒介になるのが、理性と感性だと思う。文芸等人文科学は、理性と感性に訴える力で個人を自立させ、そして自立した個人の心を動かし、実践に導く力を持っていると確信している。組織されていない個人が、ネットワークを媒介して大きな集団となり、共通の目的に向かった社会運動を実践する時代になった。

唯物論の概念は、「存在が意識を規定する」が究極規定であるが、意識が存在に対して一定の反作用を行い存在条件そのものを改革することも、その概念の要素である。存在に対する意識の反作用が、作用と反作用の繰り返しの後に、一定の反作用以上の効果を発揮できる時代になったのではないか。レーニン時代の武力装置（戦争）ではなく、文芸等人文科学がそれに取って代わる武器になる時代になったのではないか。そこに、現代の文芸等人文科学の歴史的使命があるのではないか。最近、益々その想いが強くなった。

十年目に入った〈核災棄民〉の避難生活。地元と郷土のそして遠く離れた先達の方々との出会いは、私に多くの示唆に富む教訓を与えてくれた。それは、学生時代の卒論との再会を契機に、真実の究明及び時代認識の客観的分析の助力になった。期せずして会遇した絆を大切に、有意義な余生を念じている昨今である。

＊1　星埜惇一『社会構成体移行論序説』（一九六九年　未来社）

＊2　鈴木正一『〈核災棄民〉が語り継ぐこと――レーニンの『帝国主義論』を手掛りにして』（二〇一八年　コールサック社）

＊3　後藤康夫／後藤宣代 編著『21世紀の新しい社会運動とフクシマ　立ち上がった人々の潜勢力』（十一名共著二〇二〇年三月　八朔社）後藤宣代「総論」・後藤康夫「第1章」を参照

「コールサック」一〇二号

Ⅱ章　ある〈核災棄民〉の闘い

ある〈核災棄民〉の闘い

浪江町では

十年目に入った核災棄民（原発事故被災者）の避難生活。東電福島第一原発に隣接した浪江町民は、集団ＡＤＲ（紛争早期解決を目的に政府が設置）を申し立てたが、五年の歳月が経過した後に打ち切られた。その間八六四名の申立人が亡くなった。打ち切りは、ＡＤＲ仲介委員による和解案の六回にわたる東電の違法拒否と、原子力損害賠償紛争審査会（原賠審）による原賠審組織等政令・和解仲介業務規定の軽視が原因であった。東電は、「和解案を尊重する」約束を自ら破った。浪江町の集団ＡＤＲは、全国で唯一の、町長が代表になり町民の多数が申立人（一万五七〇〇人、約七三％）になった集団交渉であった。打ち切り後間もなく、町長は失意の中無念の逝去。以降すべての集団ＡＤＲは、ことごとく東電の拒否により、打ち切られている。

浪江町集団ＡＤＲ申立人の有志は、国と東電を被告人に「浪江原発訴訟」を、福島地裁に提訴した（二〇一八年一一月二七日、四九世帯一〇九人）。打ち切られた多数の集団ＡＤＲでは、唯一の提訴である。原告団は、弁護団とともに志半ばで倒れた申立人と、多数の原発関連死者の命を背負っている。筆舌に尽くし難い避難生活、人生を奪い家族の離散と分断を強いたコミュニティ喪失、生涯つきまとう被ばく不安、ADRを頓挫させた期待権侵害等の慰謝料増額と追加を目的に闘っている。今年二月、四回目（三一七世帯六三一人、追加提訴あり）が開廷、しかし放射能汚染に酷似した新型コロナ禍で遅々たる状況である。さらに安倍政権の「モリカケ桜」疑惑、恣意的な検察庁人事と訓告処分等は、三権分立・民主主義を破壊している。国会を閉会し国民を愚弄する棄民政治が横行している。

各原発裁判の判決では

全国で原発訴訟が提訴されている。概況は、東電の責任については山形地裁判決を除く全ての地裁判決（一五件）、および高裁判決（二件）では、賠償金額の多少・理由の差異は有るものの「中間指針」を超える損害賠償額が認定されている。「中間指針」は、原賠審が交渉の目安として任意に策定したものであるが、被災地の現地視察もせず、たった五ヵ月で策定した机上の指針である。地裁、高裁の判決は、「中間指針」が核災（原発事故災害）の実相を反映したものではないことを証明している。この九年で、被災者が多くを証言し、核災の実態そのものが反証している。「中間指針」と原発事故の実相との著しい乖離については、後掲の対比表を参照。なお、三月一二日仙台高裁判決（福島原発避難者訴訟）は、国の責任を明確に認定し、東京地裁の強制起訴刑事裁判の忖度判決を覆した。「中間指針」の見直しの必然性は、すでに明らかになっている。しかし原賠審は、中間指針」の見直しを拒否している。二〇一九年七月二四〜二五日原賠審の鎌田薫会長他委員全員（六名）が、東電福島第一原発事故の被災地で、復興状況および楢葉・富岡・大熊・双葉・浪江各町を視察し、五町長の要望を受けた。視察終了後報道陣の取材に応じ、鎌田会長は「中間指針」に言及し、「直ちに見直す必要はない。今の指針について理解してもらうために対応していく」と発表した。被災各町長の「被災地の状況を踏まえて中間指針を見直してほしい」、「避難によるコミュニティ崩壊が長期化している。精神的損害賠償を増額すべし」などの切実な要望は完全に無視された。誰のための、何のための視察だったのか？　それは、国と東電のための、〈核災棄民〉を黙殺するための、アリバイづくりの視察だった！　来年は、損害賠償請求権の時効の年（三月）である。時効の再延期とともに、自動車事故を基準にした損害賠償ではなく、核災の実相を反映した原発事故損害賠償に関する法的整備に取り掛かるべきである。それは、焦眉の国民的課題でもある。

最近政府は、飯舘村の要望を逆手に取って、全ての帰還困難区域の除染しないままの避難指示解除を目論んでいる。数々の約束の反故、責任放棄は政府の常套手段である。それは許されない。政府の責任は、裁判で係争中である。

経済学会では

わが国の四つの経済学会[*1]は、二〇二〇年三月二一～二二日福島市で、「三・一一フクシマ」をテーマに二回目（前回は二〇一三年三月）の共催シンポジウムを開催した。基礎経済科学研究所は、福島支部結成の記念誌[*2]を発刊した。東電福島第一の核災に抗する活動の理論と各分野の社会活動が編集されている。私は、第九章で浪江町の集団ＡＤＲ打ち切りと「浪江原発訴訟」について詳細に執筆したので参照[*3]されたい。まえがきで「地球のいたるところで、一個の人間として立ち上がり、声を上げコミュニケーションを行い、より善き未来に向かって活動している人々に捧げたい」と、新しい社会運動を担う人々に、確信と希望を語りかけている。世界中に勃発している人種差別抗議・#Ｍｅ Ｔｏｏ運動・香港独立デモ等の想起を乞う。

コロナ禍の中に、核災の原因究明と国・東電の責任追及を埋没させてはならない。私は原告団の一人として、「浪江原発訴訟」を、二一世紀の新しい社会運動の一翼を担い得る闘いにする決意を新たにしている。

＊1　経済系四学会〜基礎経済科学研究所・経済理論学会・日本地域経済学会・経済地理学会
＊2　前掲一三二頁＊3の後藤康夫／後藤宣代編著を参照
＊3　後掲評論『集団ＡＤＲ打ち切りと「浪江原発訴訟」』一七〇頁を参照

日野・市民自治研究所「つうしん」二一四号寄稿

浪江原発訴訟の提訴にあたって*

〈核災棄民〉という言葉をご存じでしょうか。

簡単に言えば、原子力発電による被災者が、政府から切り棄てられているという意味です。

私は〈核災棄民〉の一人として、本訴訟の目的に関連して三点申し上げます。

一点目は、原発事故の原因究明が未だになされていないにもかかわらず、政府も東電も原因究明の意志が不確かであるという点です。

戦後の国の重要な政策であった原子力発電について事故が起きたのですから、事故の原因究明もまた重要であることは言うまでもありません。

しかし、国内の原発は、原子力規制委員会の承認を得て次から次へ再稼働されています。事故原因が依然不明であり、避難計画も無い中での再稼働は、更なる原発被災者の創出を懸念せざるを得ません。

再稼働に加え、政府は、原発輸出のトップセールスを行い、事業者に金融支援も始めました。原発が輸出されるということは、原発事故が輸出されることが危惧されるということです。

本訴訟は、国民世論の醸成により、原発事故の原因を究明する訴訟にしたいと思っています。

二点目は、あまりにも的外れな現在の慰謝料算定基準を是正するという点です。

原子力損害賠償紛争審査会の中間指針の慰謝料算定基準は、自動車事故の自賠責保険の基準を準用しています。

しかし、原発事故は、自動車事故のような個別的で当事者相互間の事故ではなく、広域的なものであり、被災者は百万人とも言われています。したがって、中間指針は明らかに常識に反しています。

さらに、核物質による事故は遺伝子異常を招き、次世代以降の人体に長期的な被害を及ぼすおそれもあります。

お金だけで解決できる問題ではありませんが、被災者にも当然の生活がありますので、賠償金の算定基準は常識に適(かな)ったものであるべきです。

三点目は、被災者に寄り添った政府の施策を構築してもらいたいという点です。

たとえば放射線量計が撤去されれば、被災者の生活不安は常態化しますし、復興住宅支援が打ち切られれば、被災者は生活基盤を失います。

自宅を所有している者でも、固定資産税について、避難指示を解除して二ヵ年後には通常課税額の半額を二ヵ年徴収、その後は通常額を徴収するという施策が実施されれば、経済生活に影響が出てきます。固定資産税の課税が直近の問題となっています。

今お話しした施策は一例ですが、政府は、既に他町村に移住した者を含む被災者の生活実態を把握していないと言わざるを得ません。

紛争審査会の中間指針では、地方自治体に対して住民の担税能力が戻った時に課税すべきと示されていましたが、実際に、被災者の担税能力が元に戻ったとでも言うのでしょうか。

最後に、本訴訟では「我々は核災棄民である！」という共通認識の基に、ふるさと再生に貢献できればと思います。詩「君の名は…」を提示・朗読する。

＊提訴後の記者会見における原告団長挨拶

規制の虜（とりこ）

いよいよ東電旧経営陣強制起訴の東京高裁控訴審公判が、始まった。今後の推移を見定めるためにも、二〇一九年九月東京地裁無罪判決の再確認は有意義である。なお、『東電刑事裁判で明らかになったこと――予見・回避可能だった原発事故はなぜ起きたか』（編著 海渡雄一弁護士（株）、彩流社、二〇一八年一〇月発刊）を参考にした。

東京地裁強制起訴裁判は、三七回の公判で二一人の東電社員と地震研究専門家の証言・証拠採用された東京地検調書により、国民が知り得なかった重大な新事実が明らかにされた。それにもかかわらず、九月一九日に無罪判決となった。

証言等によって具体的に、寄生的腐朽的な政治・経済の相互関係が明らかにされた。政治的には、経済産業省原子力安全委員会保安院による規制権限不行使であり、経済的には、東京電力の安全操業義務違反であった。両者の関係は、一言で表現すれば「規制の虜」と断言できる。「規制の虜」とは、規制機関が被規制側の勢力に実質的に支配されてしまう状況のことである。本件では、東電が保安院をコントロールしていた相互関係のことであり、政府の失政である。

原子力発電事業は、その特異性ゆえに原子力発電の危険性の大きさを踏まえ、炉心等の過酷事故およびそれらによる深刻な災害を、万が一にも起こさないように法律が制定された。①原子力基本法、②原子炉等規制法、③電気事業法、④原子力災害特別措置法である。国は、周辺住民・国民の生命身体の安全を確保する権限を、一元的に委ねられている。したがって、東京電力と同等以上に高度の注意義務がある。国と東京電力は、原発の安全性を損なう恐れのある津波の到来について、最新の知見に基づき不断に調査・検討する義務があった。そのために、国に厳しい規制権限の義務が課せられている。

強制起訴裁判は、東京電力経営者三被告の業務上過失致死傷罪が問われたが、多数の証言によって国の東京電力に対する規制の実態が明らかにされた。国の規制権限不行使、続いて東京電力の安全操業義務違反の実態の一部を、時系列に指摘する。

〈国の規制権限不行使〉

二〇〇二年
七月三一日　「長期評価」発表。八月五日　東電に「長期評価」に基づくシミュレーションを要請。七日　東電担当者は、電話で「確率論で検討するから」と四〇分間抵抗して拒否。保安院の野田係官は、個人の判断で東電の拒否を受け入れた。原子力安全審査耐震班の川原修司班長は、野田係官の個人の判断が保安院の結論と証言。政府の上部機関で正式に決定された「長期評価」に基づくシミュレーション拒否を、組織的検討をせずに個人が決定した。

　経済産業大臣は、万が一にもでも過酷事故に至ることを回避すべく、速やかに技術基準適合命令（電気事業法四〇条）を発し、津波対策を講じさせる義務がある。規制権限不行使は、常軌を逸した保安院の組織対応にあった。

二〇〇六年

九月一九日　耐震設計審査指標の改定を発表。ただちに、保安院は耐震バックチェックを指示し、耐震安全性の評価を実施してその報告を求めた。詳しくは後述。経済産業大臣は、遅くともこの時点で技術基準適合命令を発し、津波対策（結果回避措置）を講じさせる義務があった。

二〇〇九年

九月七日　保安院は、東電から貞観地震の佐竹論文に基づいた試算で、一Fの敷地を超える津波が到来する可能性がある報告を受けた。遅すぎたこの報告に、経済産業大臣は、速やかに技術基準適合命令を発し、東電に津波対策を講じさせるべきであった。

重大な規制権限不行使である。

規制権限は、経済産業大臣に与えられている技術基準適合命令および保安院の指導である。しかし、規制権限は一度も行使されなかった。東京電力が国をコントロールしていた「規制の虜」が、その原因であった。国の権限放棄は、国民への裏切り行為である。

〈東電の安全操業義務違反〉

二〇〇二年

八月七日　先述した通り政府の機関決定「長期評価」に基づくシミュレーションを拒否

二〇〇六年

五月　溢水勉強会（保安院審査課・原子力安全基盤機構・電力各社）の検討結果で、東電は一Ｆにおいて敷地高一ｍを超える津波が継続すれば、地下にある非常用電源設備は浸水し、全電源喪失に至る可能性があり、津波対策を講ずる必要性があることをあらためて認識した。この時点で、国と東電は、「長期評価」を前提にした津波対策の必要性を、認識していた。これは特に留意するべきである。

同勉強会は二〇〇五年一二月に、スマトラ島沖地震（M九・二）でマドラス原発（インド）浸水事故を契機として設立された。

九月一九日　耐震設計審査指針の改訂　保安院から新耐震設計に基づく耐震バックチェックの指示があり、報告をもとめられた。溢水勉強会の結論を受けて、保安院の青山伸、佐藤均、阿部清治三人の審議官が、全電力会社に全プラントの対策を確認し、必要な対策を指示。東電は、その指示から一年以上経て二〇〇七年一一月、東電土木Gの金戸俊道主任と小会社東電設計の久保賀也氏が、津波バックチェクにおける「長期評価」の取り扱いについて検討。翌一二月に東電土木Gの高尾誠課長・金戸俊道主任は、日本原電・東北電力等に「長期評価」を取り込む方針を説明。

二〇〇八年

二月一六日　東電「御前会議」に被告三人出席。山下和彦中越沖地震対策センター長より「津波の確実な対応」の報告を受けた。

三月五日　東電は、東北電力・日本原電・JAEA・東電設計に自ら「二〇〇二年頃に国からの検討要請があり、結論を引き延ばしてきた経緯もある」、「津波対応を引き延ばしてきた」と告白。

三月一一日　常務会は、津波評価について従前の評価を上回る可能性ありと認識した。

三月一八日　東電設計（久保賀也氏）は、東電の金戸俊道主任に対し「長期評価」に基づく津波シミュレーションの結果「小名浜基準海抜＋一五・七〇七ｍ」を渡す。

三月二〇日　「御前会議」で「長期評価」を前提に試算された津波関係について、Ｑ＆Ａの充実を図るよう指示を出す。

三月三一日　武藤栄被告が、耐震バックチェック中間報告として福島県とメディアに、二〇〇九年六月までに「長期評価」取り込みバックチェックを終了させると発表した。

一二月　東電は、東電設計の試算報告を受け自らも試算する。「長期評価」を前提にした東電自身の確認である。結果回避処置（防潮堤・施設の水密化・非常用電源施設の高所移設）の一部でも実施していれば、本件事故は回避できた。

東電は、明らかに津波対策の必要性を認識していた。保安院には、先述のとおり翌年の九月七日に報告した。

東電は、幾度も安全操業義務違反を、あからさまに繰り返していた。万が一にも事故を起こさない、安全操業のための内部牽制は機能していなかった。はたして原発操業の資格があったのか、限りなく疑わしい。

二〇〇八年三月二〇日の「御前会議」は、「長期評価」に基づく度重なる試算による津波関係について、Q＆A作成の指示を出していた。そのQ＆Aを持って三月三一日に、武藤栄被告が、結果回避処置について知事とメディアに発表した。東電経営者は、社員同様に「長期評価」の合理性・信用性、および結果回避処置実施の発表で「予見可能性」と「結果回避可能性」を自ら証明していたのである。三月五日の東電社員の告白は、その証明である。東京電力は、高度な注意義務を怠る違法行為を度々繰り返していたことを、自ら証明していた。

二〇〇八年七月三一日　武藤被告は、独断で結果回避処置を中断した。なぜそれが可能だったのか精査されるべきである。なお、日本電源（東海第二原発）の安保秀範氏（東電からの出向社員）の証言によると、中断指示の直後に東電土木グループの酒井俊明GMから「方針転換です」のメールを受信したが、日本電源は会社組織として、結果回避措置を実施（約一年で終了！）した。その結果三・一一の地震津波被害を回避できていたことが明らかにされた。東電一Fにおいても予定通りに結果回避措置が実施されていれば、原発事故を未然に防止できた可能性は十分にあった。

〈東京地裁強制起訴裁判の判決〉

無罪判決の要旨は、①「長期評価」は信用できない。②それを前提にした「予見可能性」・「結果回避可能性」を否定した。③万が一にも原発事故を起こしてはならない程の安全操業の義務はなかった。④原発操業による経営の安定が優先で、原発を停止させる責任は存在しなかった。以上の四点である。

東京高裁の控訴審で注視している争点は、次のとおりである。

①被告については、国と東電の相互関係の中で、是非が問われるべきである。しかし、国の規制権限不行使については、国の違法行為をまともに評価せずに不問にした。保安院の怠慢を根拠に、保安院の規制権限不行使を合法と解釈したのは、詭弁である。

②「長期評価」の信頼性・「予見可能性」・「結果回避可能性」については、東電自ら証明していたことは先述した。証言・証拠の否認評価は、常識的に納得できるものではない。異常で、無罪判決を導くためとしか思われない。強制起訴裁判の設置の趣旨(民間人の感覚を導入した裁判員制度)は、消え失せてしまった。

③自然災害に対する安全性は、放射性物質が外部に絶対放出してはならないといった極めて高度なレベルではないと述べている。電気事業法三六条の政令六二号では「想定さ

れる自然災害（地すべり・断層・なだれ・洪水・高潮・基礎基盤の不同沈下等をいう。ただし地震を除く）により原子炉の安全性を損なうおそれがある場合は……適切な措置を講じなければならない」と明記されている。真逆の解釈で同法に抵触している。

④原発を停止させる経営責任はなかったという判決は、国民の生命・財産よりも企業の利益を優先している。全ての法律の根源である憲法にも抵触していると疑わざるを得ない。無罪判決を導くために、原発関連法を曲解した帰結である。

二〇一九年九月三〇日　検察役の指定弁護士は控訴した。その際「このまま判決を確定させるのは著しく正義に反する」とコメントした。二〇二一年一一月二日　東京高裁で初公判が開かれた。指定弁護士は「長期評価」の策定に関わった専門家三人の証人尋問、「長期評価」の信頼性を認めた原発事故避難者集団訴訟の判決文など証書一二点の証拠採用、裁判官による一Ｆの現場検証を求めた。

原発民事訴訟は、全国で約三〇件あり、四件の高裁判決が出された。福島訴訟の仙台高裁・千葉訴訟の東京高裁・松山訴訟の高松高裁の三件は、「長期評価」の信頼性を認め国と東電の責任を認定し、賠償額の増額を命じた。

原子力規制委員会の更田豊志委員長は、原発事故から一〇年となる職員訓辞で、次のとおり注意を喚起した。国会事故調査委員会による事故原因分析で、規制当局が電力会社などに逆に取り込まれていたと指摘されていた点に関しては、「解消されたと考えてはいけない。『規制の虜』への恐れはずっと意識されるべきだ」。間違いなく、「規制の虜」は、「寄生的腐朽的な資本主義」の象徴である。

原発事故の刑事・民事裁判は、三権分立における司法制度の信頼性が試されている。「規制の虜」に正義の裁断が下されるのか、強制起訴東京高裁の控訴審を凝視したい。

「コールサック」一〇八号

福島地裁意見陳述[*1]　原告番号一番（二〇一九・五・二〇）

鈴木　正一

ふるさとは、固有の風土で幾世代にも亘る先人によって育まれ、造り上げられた唯一のコミュニティと、四季折々の豊かな自然です。浪江町にも地区ごとのコミュニティと、山・川・海の豊かな自然がありました。

私は、幼い頃には父に釣りの仕掛け作りを教わり、高瀬川や室原川で鮎の友釣りをしました。町主催の天王山の登山、商工会青年部伝統の桜祭り、仲間と実行委員会で始めたサマーフェスティバル（請戸浜の地曳き網・花火大会、商店街での盆踊り大会）等も楽しみな恒例行事でした。

私は、昭和六十二年から五期十八年間、町議会議員を務めました。住みやすい街づくりに専念し、ふるさと創りの一翼を担ったと自負しています。

自宅の雑木林では、春には鶯が鳴き、山桜が咲きほこっていました。時にはキジのつがい、うずらの親子の散歩に出会い、山鳩は巣を作りました。秋には、色々な茸・タラの芽・ウド・山栗などの自然の恵みを満喫していました。

自宅に隣接したため池には、鯉・鮒・公魚などがいて、近所の子供たちやお年寄りが釣りを楽しみ、そんな様子を見ているのも私の楽しみのひとつでした。冬には白鳥が飛来し、地元の農家から頂いた、くず米の餌をやるのが日課でした。

私にとって自宅は、自慢の終の住処でした。


福島第一原発の事故は、私の人生とふるさとを、一瞬にして破壊してしまいました。


事故の翌日である三月十二日、二〜三日で戻られると思い、着の身着のままで、妻の実家がある津島へ夫婦で避難しました。

当時、原発事故や放射線量について、情報はまったくありませんでした。そのため、結果的に放射線汚染の高い避難経路を辿り、このことを知った時の被曝の不安・恐怖は、底知れないものでした。

福島第一原発では更に水素爆発が続きました。私と妻は、津島から、娘がいる仙台へ、そして佐渡市へ避難し、事故から約四ヵ月後の七月に、福島市の仮設住宅に移住しました。仮設住宅では約一年半生活しましたが、部屋が狭く夏は暑く冬は寒い、厳しい環境でした。

今から十年前に私は、糖尿病が原因で脳梗塞を患いました。

震災の当日にも通院しましたが、このころ糖尿病の病態を示す血糖値へモグロビンＡ１Ｃの数値は、回復傾向にありました。

しかし、佐渡市に避難していた六月十日に、近くの病院で数値を測ったら、回復傾向にあったはずの数値が、たった三ヶ月で驚くほど悪化していました。避難先ですので、当然、薬を求めるのにも大変な苦労をしました。

今はこうして法廷に立つことができていますが、脳梗塞再発の不安は常に頭を離れません。国と東電に対する憤りはおさまりません。

平成二十九年三月三十一日、浪江町は避難指示が解除されました。そのひと月前に説明会があり、環境省から年間二十ミリシーベルトが解除の基準だと説明されました。しかし、法律では一般人の追加被曝線量は、年間一ミリシーベルト以下とされていて、除染も年間一ミリシーベルトを目標にされてきたはずです。自宅の庭は三回除染されましたが、避難指示解除の前日、たまたま環境省が三回目の除染効果を計測したところ、最大で毎時一・八マイクロシーベルト、年間に換算すると七・八ミリシーベルトを超えていました。これは、原発の放射線管理区域、そこでは防護服や防護マスクを着用することになりますが、その基準である五・二ミリシーベルトの一・五倍という数値です。

又当時、自宅前のため池の除染計画はなく、国・県・町のどこが実施事業体になるのかも、決まっていませんでした。そのような中で避難指示が解除され、帰還が促されたのが実情です。

又その説明会では、内閣府から避難指示解除後二年経過したら、固定資産税を課税すると予告されました。課税は予告通り実施され、つい先日、私の手元にも平成三十一年分の納税通知書が届きました。大多数の、未だに帰還できていない町民にも課税されます。放射能に汚染されたままで、利用できない土地や家屋にも、情け容赦なく課税されていくのです。

これらは、原発事故被害の実態を見ようともしない、政府の非情な政治判断の一例です。これが「被災者に寄り添う」と言ってる者の真の姿です。

原子力損害賠償紛争審査会は、被災者の早期救済を目的に「中間指針」を発表しました。「中間指針」は被害の実態を反映していない賠償基準でしたが、賠償の下限を示すものということでした。そして、東電は国から公的資金の援助を受けいれるため、度々「特別事業計画」を発表し、ADRにおける和解案の尊重を約束し、誓いました。

それにも関わらず、和解案を六回に亘り拒否し続け、東電は自分でした約束、誓いを破ったのです。その行為は国民に対する背信行為であり、許せない暴挙です。

国策の原子力事業は、自然エネルギー等ほかの発電事業とは違った特異性があります。それは、万が一にも放射線漏出事故を起こせば、空間的・時間的にも巨大な災害となり、地域コミュニティはもとより自然界にも、不可逆的な被害をもたらす事です。どんなことがあっても放射線漏出事故を起こしてはならず、国も東電も緊張感を持って、安全確保のために、最大限の対策をとるべきでした。しかし実際は、国は規制権限不行使の、東電は高度の注意義務を怠る違法行為[*2]を度々繰り返し、両者の馴れ合い関係が常態化し、必要十分な対策がとられていませんでした。寄生的で腐朽的な「規制の虜」こそが、原発事故の原因です。

私は、原発事故の被災者を〈核災棄民〉と言っています。原発は核爆弾の派生技術で誕生しました。福島第一原発事故は、まるで戦災のような構造を持った巨大な人災です。だからこそ原発事故を、核の人災・〈核災〉と表現するほかないと思っています。加えて、浪江町民には事故当時、原発隣接地にも関わらず、国から避難手段は何ら手配されず、生死に関する放射能汚染の情報も何ら提供されませんでした。だから浪江町民は、国から見棄てられた「棄民」です。本件訴訟の原告らは皆〈核災棄民〉です。

浪江町の集団ＡＤＲ中立から先月末までの間（約六年）、千人を超える中立人が、そして昨年六月にはその先頭に立っていた前浪江町長が亡くなりました。志半ばで倒れた大勢の故人の無念の思いを申し上げ、一人の〈核災棄民〉としての意見陳述とさせていただきます。

＊1　今年（二〇一九年）五月二十日、「浪江原発訴訟」第一回口頭弁論・弁護団三名、原告二名の意見陳述が始まりました。私の意見陳述は、弁護団の意見陳述の都合で割愛されたところがありましたが、原文をそのまま掲載しました。
「浪江原発訴訟」は、昨年十一月二七日福島地裁へ提訴。原告（第一次・一〇九名）は、五年に及ぶ交渉の結果、昨年四月に打ち切りになった集団ＡＤＲ（申立人・一五、七八八名）の申立人等です。被告は、国と東京電力で、原発事故の責任を明らかにして、浪江町民の一律救済を目指しています。同日の午前、第二次原告（一一五名）が、提訴し、第三次以降は随時提訴の予定です。

＊2　違法行為の根拠法は、国の規制権限については、「原子力基本法」・「原子炉等規制法」・「電気事業法」の三法で、東電の安全確保のための高度な注意義務については、前記の三法と「原子力災害特別措置法」です。

「コールサック」九九号

現地進行協議　原告1番の住居（川添地区）資料

1　原告1番の状況

私は、２０２０（令和２）年8月、妻とともに浪江町に戻って生活を始めました。但し、通院や生活の利便性の関係から、直前の避難先である南相馬市に購入した中古住宅にも生活拠点を残しており、二重生活を送っています。

この家の除染は、２０１６（平成28）年2月11日から始まり、同年5月6日に終了しました。除染が足りない場所があり、同年9月9日に再除染しました。除染が行われたのは、建物、駐車場と２ｍ以内の宅地です。

2　環境省による線量測定

自宅の南東側に隣接するため池（約１２０００㎡）の除染が２０１９（平成31）年２月に終了しました。私の要請により、その半年後の２０１９（令和元）年８月30日、環境省による放射線量測定が行われました（環境省による測定はこれが最終です）。「浪江町川添地区」の地図（10km圏内）を参照下さい。

資料1は、その測定地点と測定結果を示した表です。測定地点は、1番から21番まで、計21地点です。

3　原告1番による線量測定2021（令和3）年

私は、被ばくの不安から2021（令和3）年1月から毎月3回、自宅周辺の線量を測定し現在に至っています。

測定地点は、環境省が測定した計21地点のうち、1番、2番、3番、4番、5番、10番、12番、19番の8地点です。このうち19番のみ未除染の地点で、ほか7地点は除染が行われた地点です。

資料2は、この8地点を、自宅の配置図で示した図です。

ここが2番、駐車場が4番、車庫入り口が12番、倉庫前が1番です。1番を通り3番へ移動します。ここが3番です。前方、立て札「巣」の向こうが、19番の未除染地点です。原告弁護士の居るところです。続いて5番を通り、10番に移動します。

ここが10番です。資料3を見てください。

資料3は、この8地点の線量測定結果を総括して示した表です。「平均値」は、それらの測定値により算出した数値です。総括として、放射線量の実態は、全体的に自然減はなく、漸増・増加しています。

２０１９（令和元）年８月30日の環境省測定実績に対して、最新の自宅７地点の平均値は、１ｍで年２、４４３ｍＳｖで１・１倍。１㎝で年３、９７４ｍＳｖで１、８１３倍です。うち、皆様の居るここの線量最高10地点では、１ｍで年３、２３５ｍＳｖで１、３７８倍。１㎝で年６、２６５ｍＳｖで３、３５１倍です。

〈概括１〉除染地点の放射線量は、増加傾向にあり、近隣の未除染地域や津島等の帰還困難区域からの移線が原因と思います。自然減があったとしても、それを上回る移線があったと思います。

〈概括２〉未除染19地点の上半期減少は、２年前のため池除染の影響で、下半期は漸増傾向にあります。この場所は、原発事故前、白鳥に餌をやったり、鯉を網ですくい上げたり、小鳥の巣もあり（資料４）、豊かな自然と戯れていた場所でした。

原発内の放射線管理区域（基準値、年５・２ｍＳｖ）が、敷地に散在しているのが現状です。

出口のゲート前へ移動してください。

4　玉子ダケの汚染

資料4の玉子ダケの撮影場所が、立て札「玉1、2、3」です。

資料5は、2016年9月9日、2021年8月26日の検査結果記録票です。5年経過して、ベクレルの減少率は、56・74％でした。基準値100ベクレル以下になるのは、35年後です。そのとき、私は107歳です。

5　線量が高く、かつての住民が戻ってきていないこと

最後に資料6の地図を見てください。×印が付いている建物は、解体済みです。付いていない建物は、解体していませんが居住は不明です。赤枠の所は、原発事故前の隣組で、帰還は隣の1軒だけです。黄枠は、以前一緒だった隣組で、2軒が帰還しましたが、1軒は時々の帰宅です。以前のようなコミュニティ再生は、完全に不可能です。

除染した場所さえいまだに放射線による汚染が続いており、食べ物も汚染されています。日常的に被ばく不安を感じるこのような状況では、住民は帰還したくてもできないのです。

以上です、ご苦労様でした。

浪江町川添地区

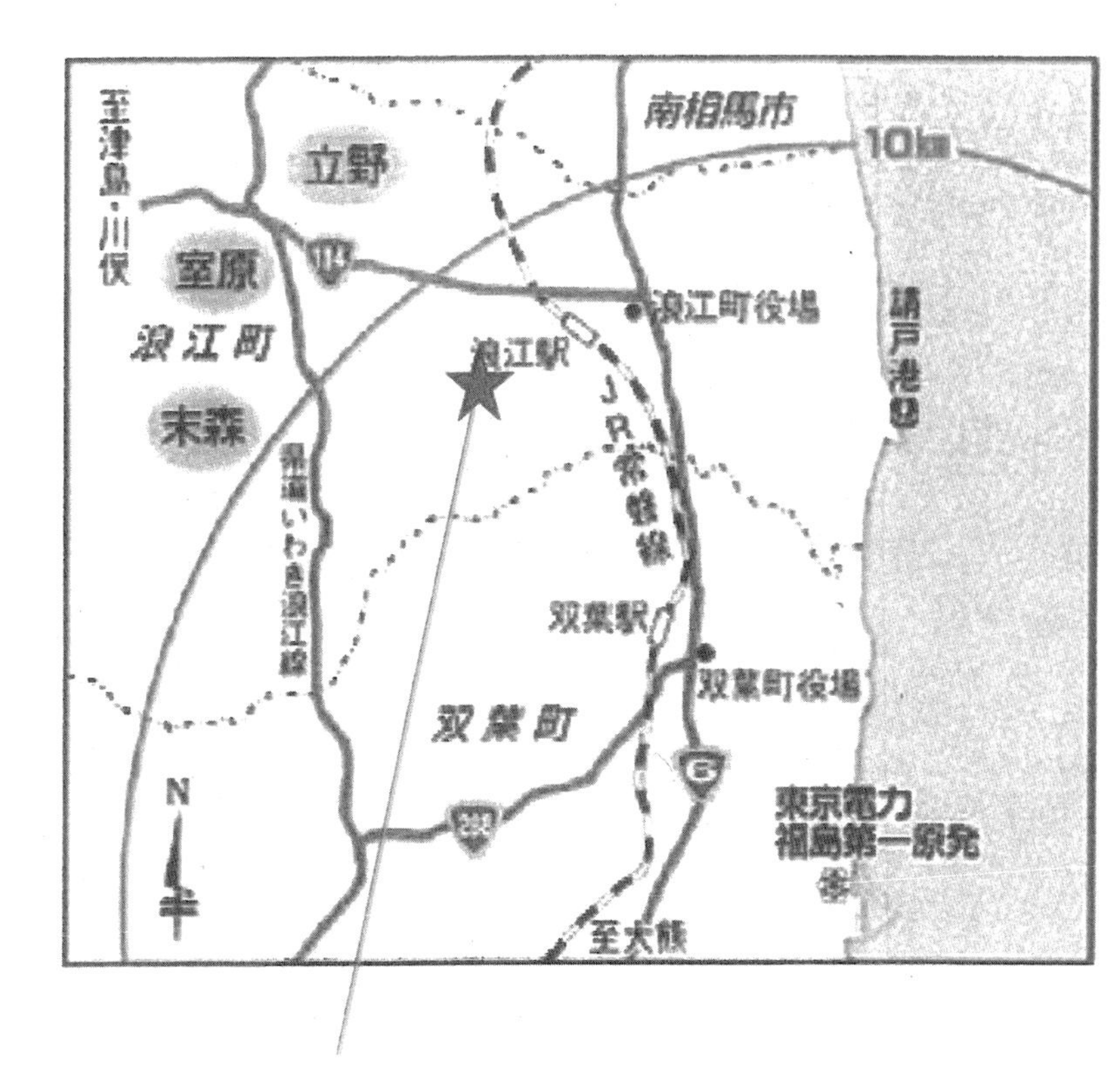

川添地区（１０km圏内）
福島第一原発は南東方向にある。

【資料１】環境省による令和元年８月３０日の測定結果

放射線測定記録＜地表＞

測定ポイント		空間線量率		備考
測定番号	対象物	測定値（μSv/h）		
		1m	1cm	
1	舗装面	0.41	0.36	アスファルト・コンクリート
2	未舗装面	0.48	0.41	砂利
3	未舗装面	0.58	0.34	砂利
4	舗装面	0.51	0.51	アスファルト・コンクリート
5	未舗装面	0.49	0.33	砂利
6	未舗装面	0.60	0.56	砂利
7	舗装面	0.52	0.42	アスファルト・コンクリート
8	舗装面	0.65	1.05	アスファルト・コンクリート
9	舗装面	0.48	0.65	アスファルト・コンクリート
10	未舗装面	0.54	0.43	砂利
11	未舗装面	0.62	0.63	土
12	舗装面	0.57	1.15	アスファルト・コンクリート
13	未舗装面	0.55	0.49	土
14	未舗装面	0.60	0.53	砂利
15	未舗装面	0.56	0.44	土
16	未舗装面	0.73	0.60	土
17	未舗装面	0.86	0.91	土
18	未舗装面	0.81	1.20	土
19	未舗装面	1.44	1.95	土
20	未舗装面	0.75	0.32	土（今回追加箇所）
21	未舗装面	0.56	0.35	土（今回追加箇所）
全体	平均	0.63	0.65	

【資料２】原告１番住居周辺の線量測定（８か所）

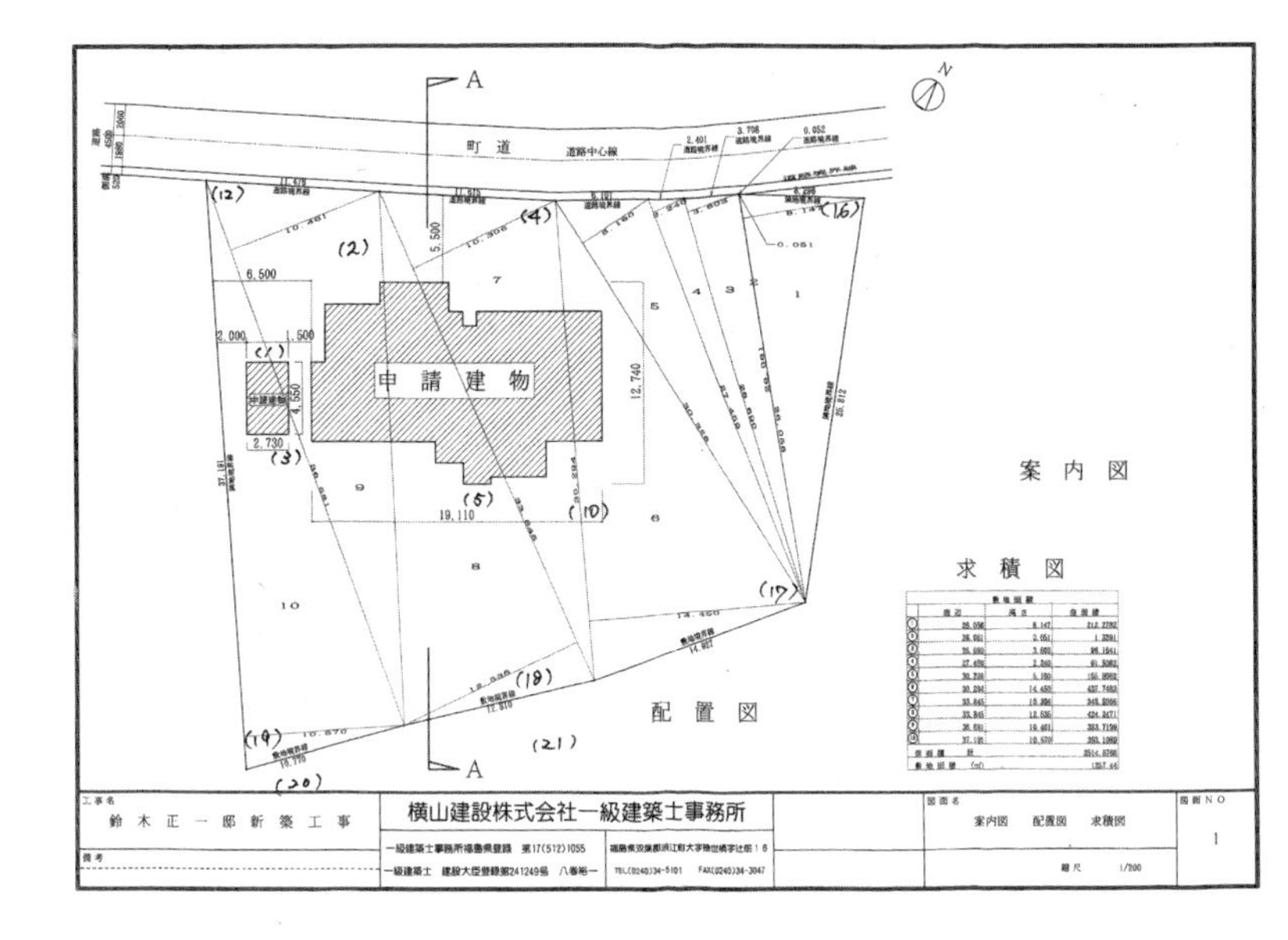

原告１番が測定した８地点（１、２、３、４、５、１０、１２、１９）。
８地点の番号は、環境省の測定地点（資料１）に倣い、付したものである。
住居の周辺の測定地点としては、（１０）が最も福島第１原発に近い。

【資料３】原告１番住居周辺の線量測定（測定結果）

	除染７地点		線量最高地点		未除染1地点	
測定番号	＜１.２.３.４.５.１０.１２＞		＜１０＞		＜１９＞	
高さ	１ｍ	１ｃｍ	１ｍ	１ｃｍ	１ｍ	１ｃｍ
環境省による２０１９（令和元）年８月３０日の測定結果（資料１）の平均値（Ａ）と年換算値						
平均値（A）（μSv／時）	0.511	0.504	0.540	0.430	1.440	1.950
年換算値（mSv／年）	2.222	2.191	2.348	1.870	6.261	8.478
８地点測定結果の上半期の平均値（Ｂ）と年換算値						
平均値（B）（μSv／時）	0.545	0.857	0.720	1.378	1.246	1.419
年換算値（mSv／年）	2.370	3.726	3.130	5.991	5.417	6.170
８地点測定結果の下半期の平均値（Ｃ）と年換算値						
平均値（C）（μSv／時）	0.562	0.914	0.744	1.441	1.318	1.743
年換算値（mSv／年）	2.443	3.974	3.235	6.265	5.730	7.578
環境省の測定結果（資料１）と８地点の、放射線増減の比較						
上半期の比較（B／A）	1.067倍	1.7倍	1.333倍	3.205倍	0.865倍	0.728倍
下半期の比較（C／A）	1.1倍	1.813倍	1.378倍	3.351倍	0.915倍	0.894倍

※上半期：令和３年４月～９月、下半期：令和３年１０月～令和４年３月
※平均値の単位はμSv／時、年換算値の単位はmSv／年
※年換算値は、国（環境省）が示している０.２３μSv／時＝１ｍSv／年に基づき算出した値である。

【一覧表の概括】

１）除染地点の放射線量は、増加傾向にある。未除染地域（帰還困難区域他）からの移線が要因と思われる。

２）未除染１地点（１９番）の上半期減少は、１年前のため池除染の影響で、下半期は漸増傾向にある。

【資料４】小鳥の巣・玉子ダケ

【小鳥の巣】

【玉子ダケ①】

【玉子ダケ②】

【玉子ダケ③】

【資料５】玉子ダケの線量測定結果

スクリーニング検査結果記録票(申込者用)

1　検査日　〈09090011〉

平成28年9月9日（2016年）（鈴木正一　様）

2　検査した自治体名・場所

自治体名　浪江町　検査場所　浪江町役場本庁舎

3　検査した食品等の名称

キノコ（玉子ダケ）

4　検査結果

	（測定値）	（検出限界値）
セシウム134+137計	9640.0 Bq/kg	
（内訳）セシウム134	1330.0 Bq/kg	44.1 Bq/kg
セシウム137	8310.0 Bq/kg	37.0 Bq/kg

※ 本検査は、1キログラム当たり100ベクレル（Bq）の基準値超過の確認が主目的です。

【自家消費の食品等】　※この結果記録表は、公的証明書として、利用できません。

スクリーニング検査結果記録票(申込者用)

1　検査日　〈08260031〉

令和3年8月26日（2021年）（鈴木正一　様）

2　検査した自治体名・場所

自治体名　浪江町　検査場所　浪江町役場本庁舎

3　検査した食品等の名称

玉子タケ

4　検査結果

	（測定値）	（検出限界値）
セシウム134+137計	5470.1 Bq/kg	7.7 Bq/kg

（検体質量　411　g、測定時間　20　分）

※ 本検査は、1キログラム当たり100ベクレル（Bq）の基準値超過の確認が主目的です。

５年経過して、減少率は５６．７４％であった。

この検査の基準値は１キログラムあたり１００ベクレルであるが、基準値以下になるのは３５年後。そのとき原告１番は１０７歳である。

【資料６】原告１番住居周辺の帰還状況

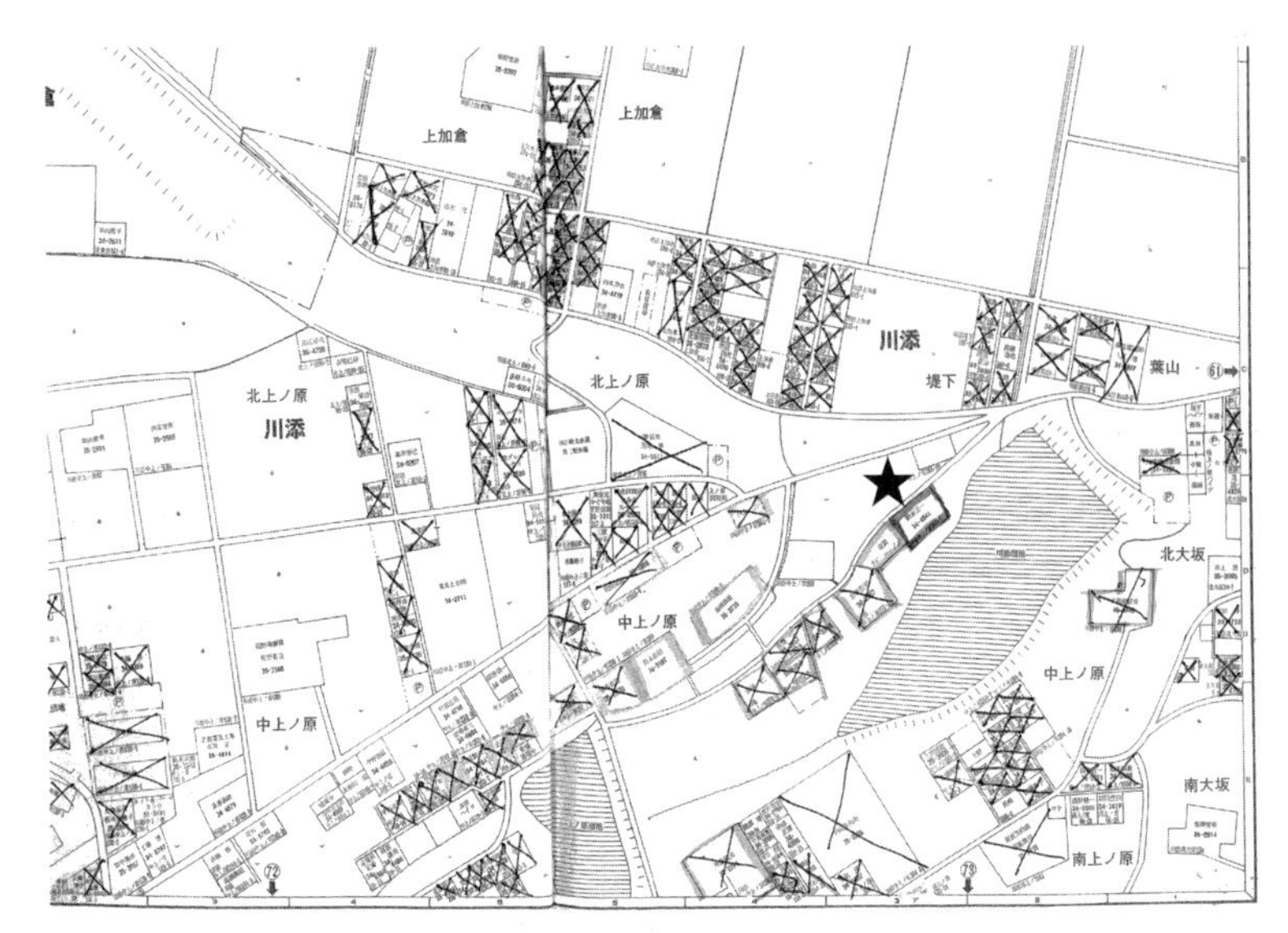

（出典：ゼンリン地図・平成２８年）

【地図上の記載の説明】

「×」印が付いた家　　　・・・解体済の家

「×」印が付いていない家・・・解体はしていないが、居住不明。

「★」は自宅

赤色マーキングの家　　・・・震災時の隣組

黄色マーキングの家　　・・・震災前（平成１６年頃）の隣組

※平成１６年頃、隣組数の増加により、隣組を分割した。

集団ADR打ち切りと「浪江原発訴訟」
――〈核災棄民〉から、歴史の変革主体へ――

Ⅰ　はじめに
――避難生活のなか、学生時代の卒業論文（レーニン論）に再会

胸の携帯電話が、いきなり鳴りだした。地震の警戒警報だ。会社の駐車場へ避難し二度の大きな地震に、四つん這いになって耐えた。地割れの恐怖に襲われた生涯初めての体験だった。帰宅を急いだが、道路と橋梁・陸橋の間にできた大きな段差と渋滞で、普段なら七～八分のところ、一時間以上かかり、何とか自宅に辿りつき、妻の無事を確認した。

情報は、テレビの臨時ニュースだけ。一二日、午前五時四四分に、東電福島第一原発から半径一〇km圏内の避難指示が出された。自宅は一〇km圏内だったので、午前一〇時頃に着の身着のままで妻の実家のある津島へ避難し、一号機の水素爆発一五時三六分はそこで知った。一四日午前一一時頃、三号機の水素爆発を知った。昼ごろ情報収集のため、津島駐在所へ行き福島県関係の友人と会う。友人は私の耳元に小声でささやく。「県職員の情報では、ここは放射能の汚染がひどいので早く避難して！　他言無用で、パニックになる

から！」。福島県は、津島地区の放射能汚染を、独自の調査で把握していたのだ。その直後、オーストラリアの娘から電話があった。「旅券を送るからこっちに避難して！　外国の大使館は、八〇km圏外に避難するよう指示を出しているよ！」。諸外国は八〇km圏外への避難指示なのに、日本政府はなぜ二〇km圏外（一二日一八時二五分半径二〇km圏内避難指示）なのか、不安と疑問が増幅した。放射線拡散の正式な情報は、国・県から全く無く、結果的に放射能汚染の高い避難経路を辿ってしまった。その後に知った被ばくの不安・恐怖は、底知れないものだった。

一五日の午後一時頃、津島から、もうひとりの娘のいる仙台へ避難、みぞれの降る寒い日だった。その夜NHKに、なぜ浪江町請戸地区の津波被災者救助が、放射能汚染で放置されている実態を報道しないのか、怒りと懇願の電話をした。忘れられない記憶である。着の身着のままの避難で、手持ちの現金は無かった。一七日、宮城県社会福祉協議会が、二〇万円を無利子・簡易手続きで融資してくれた。救われた思いだった。佐渡市が、無償で被災者を受け入れていることを知り、娘に同行を勧めたが、仕事上「仲間をおいては行けない」と同意を得られなかった。彼女の職場は当時、仙台市内唯一の二四時間体制でガソリンを給油しているガソリンスタンドだった。近くの陸上自衛隊基地の車両、警察・消防署の緊急車両の給油のためだ。職員は交代制で二四時間フルタイムの仕事だった。私ら夫婦は、飯炊き要員で手伝った日もある。三〇日、初めて自宅に着替えと貴重品を取りに戻った。死んだと思っていた愛犬が生きていたので、スクリーニングを受けて連れ戻した。一八日ぶりの救出で「まさか生きているとは」と、娘は涙を流して喜んだ。ガソリンスタンドの職員が、手作りの犬小屋でその後の面倒をみてくれた。ありがたかった。四月一〇日夫婦で佐渡市へ避難した。見送る娘は泣いていた。身が引き裂かれる思いの妻と、娘の姿が脳裏に焼きついた。佐渡市から福島市の第一幹線仮設住宅へ移住したのは七月二〇日で、部屋は狭く夏は暑く冬は寒い、厳しい環境だった。

七月二八日、母が避難した栃木市の特別養護老人ホーム（特老）に向かう。母は浪江町の特老に居たころは、普通に会話していたが、たった五ヵ月足らずで寝たきり状態になり、見る影もなくなってしまった。後日、浪江町特老「オンフール双葉」の担当者報告で、約一週間避難先が見つからず、バスの中での長時間待機、暫定避難所と長距離移動によって老人には耐え難い疲労を強いてしまったと知らされた。何度か面会に行ったが、一度も目を開けて会話することはなかった。翌年六月下旬に危篤の連絡を受け、向かったが途中で亡くなる。見送る家族も無く一人で逝去。避難時の疲労による狭心症が誘因で、心筋梗塞が死因だった。三〇年程前三人の子供と一緒に両親と同居したが、事業協同組合の専従役員と町議会議員に専念し、家業（家具小売業）の手伝いはろくにしなかった。むしろ子供

（孫）三人の面倒をみてもらい、心配と苦労をかけ親孝行など出来なかった。母の遺骨は南相馬市の避難住宅に今も一緒に居る。亡くなる時は一人ぼっちだったので、帰還できないふるさとの墓地に納骨するのは寂しすぎる。母を追うように亡くなった愛犬も一緒に居る。

かつて私は、糖尿病が原因で脳梗塞を患った。糖尿病の数値が健常に戻ったやさきに、三ヵ月の避難期間で急激に悪化した。当初、薬の入手に苦労した。脳梗塞再発の不安は、常に頭から離れることはなかった。

福島市にある仮設住宅から浪江の自宅に三〇回以上一時帰宅した。その度に白い紙の防護服を着せられた。放射線被ばくの関係で滞在時間が制限され、家の中のかたづけ・庭木の剪定や草刈もろくにできなかった。廃墟になっていく我が家の姿は、見るに耐えられなかった。切なく悔しい、怒りの一時帰宅が続いた。あるとき、学生時代の卒業論文を見つけ持ち帰り何度か読み返した。それは、現代資本主義の分析視角について書いたものだ。「レーニン『帝国主義論』に関する一考察」で、特に帝国主義の第二規定「寄生的で腐朽的な資本主義」に関する分析であった。読み終えて原発事故の原因は、「寄生的で腐朽的な政治・経済の相互関係」であったこと、いまだに避難生活を強いている原因者は誰であったかようやく納得できた。後日「〈核災棄民（かくさいきみん）〉*1が語り継ぐこと――レーニンの『帝国主義論』を手掛りにして」[2]を執筆することになる。あとがきに次のように書いた。

「自分にとって浪江町は、自分自身そのものであったという思いです。私は浪江町で生まれ育ち、大学卒業して数年後実家に戻りました。その後、商店街活性化を目的に事業協同組合を設立、専従役員として従事しその後、町の議会議員として、ふるさと創りの仕事をしてきました。……最後に、日和見主義者に与えられる政治的特権や施し物として政治的諸機構——議会・各種委員会——が指摘されていました。私の経歴一八年の議員生活（特に原発対策特別委員長の職責）は、まさにその特権と施し物を享受してきたのではないか。今般の執筆は、四三年前の自分自身に諭された思いです。自戒の念とともに、残りの人生を静かに熟慮することができました。」

このような避難生活の中で、三・一一フクシマの原因者である政府・東電の責任を究明すること、その実態を語り継ぐことが、今後の私の人生であると確信するに至った。

仮設に移住して個人のＡＤＲ[3]交渉をした時、「解決センターの使命は、情報量も影響力も大きい東京電力と、立場が弱い被災者の間にたち被災者を早く救済すること」（解決センター元総括主任調査官高取由弥子弁護士「朝日新聞」二〇一九年一月一五日）だと聞いていたが、仲介委員はあくまで中立で、被災者に対する助言など全く無かった。賠償金の増額、賠償項目の追加（動物は物扱い）等は、「中間指針」を盾に強力に否認された。個人では、因果関係の立証が困難な、ふるさと喪失、コミュニティ破壊等の賠償など、声に出して言うことすらできなかった。この制度は、被災者のためではなく東京電力のための制度なのかと疑った。そんななか、全国で初めての試みとして、浪江町から集団ＡＤＲ申立人の応募書類（委任状等）が届いたのである。

Ⅱ　浪江町集団ＡＤＲ
――町が主体で住民を支援し、地域コミュニティの価値を問う

浪江町民は、放射能汚染・原発の事故情報もなく多くは津島地区に避難した。全国各地（一部は海外）に自主的に避難した町民も少なくない。浪江町当局は、汚染された津島地区から中通りの二本松市へ避難し、仮の役場庁舎を設置した。一年後にはふるさと再生にむけた「浪江町復興計画策定委員会」を設置した。委員は一〇〇名の町民で構成。私も公募枠五人に応募し委員になった。二〇一二年五月二六日から四ヵ月間で八回の委員会が開催された。「浪江町復興計画（第一次）」は、二〇一二年一二月策定。その理念は「みん

なでともに乗り越えよう私たちの暮らしの再生に向けて～未来につなぐ復興への想い」、基本方針は「①先人から受け継ぎ、次世代へ引き継ぐ〝ふるさと〟なみえを再生する、②被災経験からの災害対策と復興の取り組みを世界や次世代に生かす、③どこに住んでいても、全ての町民の暮らしを再建する」である。町は二〇一三年五月にアンケート調査を実施した。前回二〇一一年一一月の調査時点からの町民意識の変化を把握するためである。

町長には、町民から除染の不安による帰還希望者の減少、家族分散による多重の経済的負担、避難先での就業・子供の教育・介護問題等の生活苦が増大している実態が、普段から伝えられていた。町長は、「浪江町復興計画（第一次）」基本方針の「〝ふるさと〟なみえの再生」「全ての町民の暮らしの再建」に大きな危惧の念を抱かざるを得なかった。そこで、被災者を早急に救済することを目的とした、ADRへの申立てを町民一丸となって行うことを決断した。アンケート調査結果について特に注目すべきは、条件が整えば「戻る」という帰還意志は、一年半の短期間に六四％から一七％に激減していた。その他、避難生活の重苦により著しい経済的困窮に直面している実態が明らかになった。

町民の〝声〟で綴られた「浪江町被害実態報告書」（二〇一三年八月）に詳細に報告され、後日添付資料として原子力損害賠償紛争解決センターに提出された。

全国で初めての、町代表の集団ADR陳述書は、歴史的文書として記録しおくべきであ

る。町長の個人名義の陳述書であるが、全文を掲載する

陳述書

1．はじめに

私は、平成一九年一二月に浪江町の町長に就任し、平成二三年三月一一日の東日本大震災が発生した当時および現在まで、浪江町の町長として執務にあたっています。

この陳述書では、今回、浪江町が町民を代表してＡＤＲを申し立てるという決意をした経緯等について、お話いたします。

2．町が町民を代理するに至った経緯

今回の福島第一原子力発電所の事故（以下、「本件事故」と言います）により、おびただしい量の放射性物質が大気中に撒き散らされ、浪江町の約二万一〇〇〇人の全町民は、避難を余儀なくされました。現在も、全国四五都道府県および海外にまで避難している町民がいます。

本件事故直後から、私は、町長として、町民のみなさまと直接触れ合う機会を多くもた

せていただきましたが、その際に、町民の方から賠償に関する危機感についてのお話を何度もお聞きしました。

すなわち、我々浪江町の町民は、本件事故によって、①家族・家庭や社会の絆・コミュニティを崩壊させられた損害、②被曝による健康被害に対する苦痛、③避難に伴う苦痛、④今後の見通しが全く立たずに避難を強いられていることの苦痛、⑤相手方東京電力の対応に対する苦痛というような、様々な精神的な苦痛を被ったにもかかわらず　現在の賠償のシステムは、これらの被害の実態を正面から捉えて評価したものではありません。

一人あたり月額一〇万円という現在の賠償基準を定める中間指針は、被害実態を明らかにするために必要な調査を行うことなく、いわば、推測と憶測に基づいて、本件事故発生からわずか五ヵ月間で策定されたものです。しかも、本件事故とは性質が全く異なる交通事故の自賠責保険金額をもとにしたものであります。さらに、本件事故から二年以上経過した現在まで、見直しの議論や、国や東電による被害実態調査も全くありません。

こういったずさんな賠償基準設定やその運用に対し、町並びに町民は激しい憤りを覚えているとともに、町民の皆さんのなかで、現在の生活の不安、将来に対する不安が鬱積しているのです。

このような町民のみなさまの窮状に直面し、私どもは、全町民が等しく被っている被害の実相というものを明らかにし、適正な損害賠償を求め、町民の生活再建が図られるようにサポートすることが、町としての当然の役割であると考え、町民の集団申し立てを町が支援するという方法が実現に至りました。

3．町による代理申し立ての意義

町が町民のＡＤＲ申立てを代理することは、本件事故によって散り散りになってしまった町民のみなさまが、これからも浪江町の町民として連帯していくという意義も見出すことができます。

浪江町では、今回のＡＤＲ申立てをするにあたり。原子力損害賠償に係る支援に関する条例案を提出し、町議会がこれを可決しているほか今後解決までの間、町民の生活再建を目指して、最後まで町が主体的に支援活動を行っていくということが、町議会でも確認されています。

また、今回のＡＤＲ申立てにおいても、委任状用紙の発送から実質わずか二週間半の間に、町民の半数にあたる約一万人から委任状が返送されました。

これらの事実は、幸いにも、町民が浪江町町民としての連帯を失っておらず、町の行動を町民が求め、支持されていることの証であるといえます。

４．地域コミュニティの価値を問う

さらに、今回のＡＤＲ集団申立ては、地域コミュニティの価値を問うという意義を有しています。

事故前の浪江町では、個々の町民の生活が、地域コミュニティとしての町に密接に関連していました。しかし、本件事故により、現在は、町そのものの存在が危うくなっています。

コミュニティを失ってしまったことによる損害は、町民個々人の損害賠償請求の中では評価しにくい性質のものであり、これを明らかにすることは、そのコミュニティを享受していた人々が一丸となってその価値を訴える必要があります。

したがって、今回、コミュニティの帰属主体である町が、町が持つ様々な資料を提供し、町民のみなさまの申立てをサポートすることによって、個々の町民の損害を全体として抽出し、被害の実相を明らかにすることが可能となります。

そして、そのような活動を通じ、浪江町のコミュニティの価値だけでなく、地域社会に生活するすべての人々にとって、コミュニティというものがいかに重要であるかということを訴えていきたいと考えています。

5．最後に

町が町民を代理するという今回のＡＤＲ申立ての形式は、全国で初めての試みですが、町民のみなさまは、物質的な損害だけでなく、様々な精神的苦痛を被っており、故郷や家族の絆、社会の絆を失った苦痛というものはみな平等に被っているものです。

そのような、町民のみなさまが等しく被っている精神的な損害の賠償請求について、町が主体的にサポートしていくことは、地方自治法に定められた自治体の役割からしても当然のことです。

浪江町は、町民のみなさまの生活再建のための完全賠償を求めて、最後までこのＡＤＲ申立てをサポートしていく決意であることを、最後に申し添えさせていただきます。

以上

平成二五年五月二九日

住所　福島県双葉郡浪江町

氏名　馬場　有

町長の馬場有（たもつ）（二〇一八年逝去）は、私が一六年間一緒に議員活動し、一期四年間は馬場が議長、私が副議長としてコンビを組んだ、ふるさと創りの同志であった。この陳述書は、町民の胸中を的確に代弁し、当然の権利を表明したものだ。適時の的を射たADR中立てに　即刻夫婦で賛同し署名した。

集団ADR交渉中、経過の説明会が何度か持たれた。仲介委員が和解案を提示したあとの、東電の対応は、その都度町民の期待を裏切ったものであった。自ら掲げた約束・誓いを破り傲慢な態度をとり続けた東電には、全申立人がその都度怒りの声をあげた。原子力損害賠償紛争審議会と政府の無反応（無視）にも、憤りの気持ちを隠さなかった。

集団ADR中立から打ち切りまでの経過について、次頁の表に時系列で概要を記述する。

Ⅲ「浪江原発訴訟」
――抵抗の歴史を受け継ぎ、住民一人ひとりが声をあげる

ここで、浪江と原発との関係を、振り返っておこう。

もともと浪江町は、町内の棚塩地区と北隣の小高町とともに東北電力が原発建設の計画を進めてきた地域であった。町・町議会（筆者も含む）や商工会・農協などの事業団体は、原発促進であったが、地権者の棚塩原発反対同盟（代表は枡倉隆）の運動によって、建設の繰り延べが続き、今回の三・一一 フクシマによって、この計画が頓挫した町である。

年月日	経過と概要
二〇一三年五月二九日	**集団ADR申立** 陳述書、浪江町被害実態報告書（後日）、DVD「浪江町ドキュメンタリー」を提出。申立人一万一六〇二人。申立の精神的慰謝料の主な趣旨は、（賠償期間）は事故前の放射線量レベルまで除染を達成するまでの期間、（賠償金）は月額一人二五万円の増額である。
二〇一四年三月二〇日	**仲介委員が和解案・「和解案提示理由書」を発表** この間、口頭審理二回、現地調査一回、進行協議六回。和解案の主な内容は、賠償期間は二〇一二年三月一一日から二〇一四年二月末の期間。賠償金は月額一人五万円の増額である。
二〇一四年五月二六日	**浪江町は「和解案」受諾表明** 東電が自らの責任と浪江町民の怒りを認めるのであれば、賠償期間と賠償金は不満足ながらも、和解案の受け入れやむなしの結論に至る。

二〇一四年六月二五日

東電「和解案」拒否

中間指針から乖離しているのが理由である。この後、進行協議を一九回行ったが六回にわたり拒否をし続けた。原子力損害賠償紛争解決センター（解決センター）は、東電にねばり強く三度の要請文にわたり説得を続けた。①和解案の「補充書」「補足」②「和解勧告書」③「和解案受託勧告書」である。それにとどまらず、二〇一四年八月四日解決センター総務委員会が「和解案に……中間指針から乖離したものは存在しない」と所見を発表。二〇一五年一月二八日解決センターの和解仲介室長も、上部機関である原子力損害賠償紛争審査会（原賠審）において浪江町集団ＡＤＲの件で「和解案に中間指針から乖離するものではない」趣旨の発言。ただし、原賠審では一切言及は無く、現場の声は無視された。二〇一五年一二月二日解決センター総務委員会が仲介委員に「原賠法が予定する和解仲介手続きを含む原子力損害に対する賠償システム自体の信頼性を大きく揺るがす恐れがある極めて憂慮すべき事態」であると助言する。

二〇一八年四月五日

仲介委員が集団ＡＤＲを打ち切り

東京電力は、六回にわたる拒否を続ける中で、二度の総合特別事業計画を発表していた。それは、国から公的資金の援助を受けるためであった。そこには「東電としては、中間指針の考えを踏まえ原子力損害賠償紛争解決センターから提示された和解仲介案を尊重する。……手続きの迅速化等に引き続き取り組む」と、ＡＤＲ和解案の尊重を約束しそれを誓った。東電は、自らの約束・誓いを公然と破ったのである。

思い起こせば、二八年前のある日、当時「世界の枡倉」と言われていた、枡倉隆さんと三〇分程面談する機会があり、その時、真っ赤な表紙の本[*4]を勧められ、購入した。一気に読み終え。地元で知られた有力者の方々の実名が出ていたことや、「原発反対」のプラカードを掲げ棚塩地区から街に向かっている浪江町始まって以来のデモが、いまも鮮やかに印象に残っている。枡倉隆さんは一九九七年に逝去されたが、棚塩原発反対同盟の闘いは、三・一一 フクシマの帰結を経て、いまこそ歴史的に再評価されるべきである。

「浪江原発訴訟」は、運動としてみると棚塩原発反対同盟の闘いを歴史的背景とした裁判である。ADRを打ち切られ、直ちに浪江町と弁護団は、申立人を対象に地区毎に二回の説明会を開催した。弁護団は、集団ADR申込みから一緒に闘ってきた。解決センターの仲介役は粘り強く説得をしてくれたが、具体的交渉で東電の理不尽・傲慢な態度に、弁護団の義憤の念は、絶えなかったと思う。ADR打切りの経過と提訴の弁護団の説明は、静かな口調ではあったが中立人を納得させる力を持っていた。二、二〇〇を超える世帯が裁判を希望すると回答したアンケート結果がその証である。「浪江原発訴訟(仮称)』提訴は、次のことを目的としている。

①国と東京電力の原発事故責任を明らかにする。

②浪江町民の一律解決をめざす。

③浪江町民の被害を慰謝料に反映する。
④東電のADRの和解案の拒否を許さない。
　請求の具体的内容は、次の四つである。
①慰謝料の増額
②コミュニティ喪失変容慰謝料
③被ばく不安慰謝料
④期待権侵害慰謝料である。
原告規模は、第一次、二次は、それぞれ五〇世帯一〇〇人程度、第三次以降は判決前に随時提訴し一、〇〇〇人規模をめざす。

二〇一八年八月二六日〜一一月一八日、原告団準備会が開催された。四回開催され活発な議論で、次のような設立総会の要綱を協議した。
①目的と請求内容の確認②原告団規約・委任契約書・訴訟委任状、③裁判費用（一〇万円／人）、弁護士費用（着手金一万円／人・解決時報酬金は経済的利益の一〇％）、④原告団会費一世帯五、〇〇〇円／年、⑤原告団設立総会要綱⑥町との協力関係、⑦原告団通信「コスモス」発行・原告団HP作成。
「浪江原発訴訟」原告団の設立と提訴後の経過について、次頁の表に時系列でその概要を

整理しておこう。

年月日	経過と概要
二〇一八年一一月一八日	**原告団設立総会開催**（県農業総合センター、郡山市、七八人出席） 決議事項～準備会協議事項①～⑦原案通り可決。役員一四名（互選で団長一・副団長二）を選任。総会後記者会見。 報告事項：提訴と提訴当日の行動。
二〇一八年一一月二七日	**福島地方裁判所へ提訴**（第一次四九世帯一〇九人） 被告は国と東京電力　慰謝料請求額一，二一〇万円／人。請求の期待権侵害慰謝料は全国で初めて。 ＊裁判所前で決起集会（七〇名程度）。提訴後記者会見。
二〇一九年三月一六日	「二〇一九**原発のない福島を！　県民大集会**」において、原告団長は「核災棄民が語り継ぐこと」をスピーチし、支援を訴える。
二〇一九年三月二三日	**原告団役員会** ①第一次以降の原告団提訴、②第一回口頭弁論期日（五月二〇日）一四時三〇分から福島地裁二〇三号法廷報告、③「原発被害者訴訟原告団全国連絡会」（二一原告団、九，六四五人）加入決定。

〈福島地方裁判所口頭弁論〉	
二〇一九年五月二〇日	**第一回期日** 二〇三号法廷。意見陳述、弁護士三人・原告二人。第二次提訴（五二世帯一一五人）、傍聴者約七〇名。 ＊開廷前に福島駅前で街頭活動・裁判所前で決起集会。 ＊閉廷後に反省会・記者会見。
二〇一九年七月一八日	**第二回期日** 二〇三号法廷。意見陳述、弁護士一人・原告一人。第三次提訴（七三世帯一八七人）。 ＊開廷前後の行動は前回同様、傍聴者約八〇名。
二〇一九年一〇月三一日	**第三回期日** 二〇三号法廷。意見陳述、弁護士一人・原告一人。第四次提訴（五四世帯一三四人）。 原告団総数二二八世帯五四五人。 ＊開廷前後の行動は前回同様、傍聴者約九〇名。

以上の通り、現在第三回期日まで原告四名が意見陳述をした。四名の陳述者の心情は、「ふるさと喪失」の怒り、「コミュニティ・絆の破断」の失望、避難生活の精神的・肉体的苦痛、被ばくの不安、経済的基盤の喪失とこれからの生活不安など、陳述者一人ひとりにしかない、独自の心情であった。陳述の途中で、体験者でなければ分からない心の疼き、共鳴のうなずき、すすり泣く声、むせる声も度々あった。まことに具体的体験とは個体的にして多様というほかない。ここでは、文字面だけでも伝えるべく、原告番号一三番の意見陳述を全文掲載することとしたい。

原告番号一三番の意見陳述。〈私は、浪江町で生まれ育ち、結婚し、そして子どもを育てました。原発事故で人間の中で大事にしてきたものが奪われ、もう取り戻せなくなってしまいました。原発事故を起こした国と東電を私は許せません。

私は、波の音を子守唄に浪江町請戸地区に生まれ育ちました。請戸の生業は、大方、半農・半漁だったと思います。父は、漁師だったので、子どもの頃のおやつといえば、手のひらほどもある大きな平カニだったり、茹で干しのホッキ貝、小女子(こうなご)だったりしました。魚はいつもピカピカ光っているものを食べさせてもらっていました。ですから、私は魚大好き人間です。浪江町から避難して、うまい魚に出会えず悲しいです。

浪江町は、海はもちろん、川や山もあり、大変自然豊かで美しいところで、そこで生まれた文化や生活は素晴らしいものでした。

私の浪江高校の学生時代は、自転車のペダルを踏み、鮭のぼる川を渡り、桜咲く道を走り、通学したものです。

大堀地区の友人に、大堀相馬焼の窯元を案内され、青ひびの焼き物に出会いました。青ひびに魅せられ、十数個の壺を集めました。

浪江町には高瀬川の上流の高瀬川渓谷があります。地元民は神鳴渓谷と呼んだ方がピンとくるでしょう。神鳴渓谷は、とても美しいところでした。清流もさわやかに友とサイクリングもしました。海沿い育ちで海岸の風景しか目にしていない私には、新鮮な風景でした。木々の間から、こぼれる光の帯、神様への階段にも思えました。川の中には、大きな岩石がゴロゴロしていて、その石が水の流れを複雑に変え、水の深さ浅さを変え、緑色、水色の濃淡をつけ清流となって流れていく。中でもひときわ大きな石の上で、お昼ごはんを食べました。山の湧き水で食べたおにぎりは格別うまかったです。

このように　自然と文化の豊かな浪江町は、あたたかいコミュニティを形成しています。

子どものころは、二歳上の兄とよく親の手伝いをしていました。一～二キロ離れた祖母の家に魚を持っていき、帰りには、ジャガイモや玉ねぎの入った、子どもには重すぎる袋を持たされました。その道中、私は、兄とけんかをして、手の甲をけがしてしまいました。けんかをしたので、兄はどこかに行ってしまいました。私が落とした荷物を拾い集めていると、近くの畑で様子を見ていたおじさんがやってきて、私が手をかばっていたのをみて、「どうした兄弟ケンカか」「どれ、見せてみろ」と声をかけてくれました。どうやら骨折していたようで、みるみる内に腫れ上がった私の手を見て、「これはダメだ。どこの子だ。〇〇か。〇〇〇ばあさんの孫かー。ああ農協前の〇〇か。じゃあ、〇おんつあの娘か。」と言ってリヤカーを持ち出して、家まで送ってくれました。

私の子どもが小学一年生の頃、学校帰りに田んぼの堀に落ちたことがありました。水の深さはひざ下程度だったのですが、這い上がれないでいたそうです。そのときたまたま通りかかった、おじいさんに引き上げてもらい、「どこの孫だ?」と声をかけられたとのことです。子どもが、「〇〇」と答えると、「ああ〇〇大工さんの孫か」とすぐにわかってくれて、そのまま自転車で家まで送ってくれました。

浪江町のそれぞれの地域に連綿と続く家系があります。子は知らなくても、祖父母、父母の事は知っています。やがて、その子もその地に根付ぎ足跡を紡いでいけば、皆の知ることになるのです。浪江町というこの地にいれば、守られている、安心感がある。私は、コミュニティとは、紡いできた歴史であるとおもいます。

原発事故前までは、このように自然や文化や人の豊かな地であった浪江町ですが、原発事故ですべてが壊されて、奪われてしまいました。

父亡き後、家業を引き継いだ兄は、平成二三年三月一一日、津波に流され帰らぬ人となりました。救助に向かった消防隊員、警察署員の方々、自分たちも被災者でありながら救助に向かってくださり、感謝の言葉もありません。

救助をしていた方々は、強い放射能、暗闇での捜索、がれきの危険な足場、二次災害の恐れの為、中断を余儀なくされました。「助けて～助けてくれ～」と。かすかに聞こえる声。無念にも断腸の思いで「すまない、許してくれ。明日必ず助けに来るから。」神に祈りつつ後にしたということを、あとになって避難中に聞きました。

しかしながら、放射線量が高く、そこは数ヵ月立ち入り禁止になってしまいました。助けられたはずの命を助けることができなかった事実があったことを忘れてはなりません。放射能さえなければ、兄は助かっていたかもしれないのです。放射能が憎い、東京電力が憎いです。

原発事故が起こったときは、本当に混乱しました。停電していた我が家では、家の中の防災無線が聞こえず、外のスピーカーは何と言っているかわかりませんでした。人伝えに聞いて、とにかく避難しなければならないことはわかりました。国道一一四号線沿いに自宅があったのですが、我先にと避難する車でこみあって、なかなか先へ進めませんでした。

　仕方なく回り道をして、みんなが向かっていた津島方面に行くのをあきらめて、南相馬方面を目指しました。山あいの道の中の半ばまで行くと、迷彩服の自衛官が防護マスク姿で立っていたり、もう少し先で警察官がバリケードをしていたりして、何が起きているのかと、とても困惑しました。後で知ったのですが、防災無線は、政府の命令で直ちに一〇km以上避難するように言っていたとのことでした。どこで伝わったのか、とにかく津島の方に一斉に逃がすこととなったようで、多くの人が、風の流れで放射線量が高かった津島方面に向かってしまい、受けなくても良い放射線被ばくを受ける羽目になりました。

　二ヵ所目の避難先にいたときに、唯一の情報源であったテレビで、福島第一原発の爆発の映像を見て、もっと遠くに逃げなければと思いました。自衛官や警察官はもういなくなっていて、民間人には一切情報が知らされないのだと絶望しました。残り少ないガソリンでも遠くに逃げなければと思いました。小雪が降ってきたので、途中でガソリンがなくなれば、凍死の覚悟でした。何の情報も与えられなかった私たちは、どんどん放射線量の高い方に逃げることになってしまいました。

　たどり着いた飯舘村の避難所では、身体が凍り付くほど寒さが厳しく、とても過酷な環境でした。夫は狭心症、私は脳梗塞の持病があるので、本当に大変でした。その中で、役場の人や地元の人のやさしさに触れてあたたかい気持ちになりました。

結局飯舘村からもさらに避難をしなければならなくなりました。

五ヵ所目の避難先の猪苗代から初めての一時帰宅が許されました。数台のバスで放射線を避け、飯舘回りで浪江に向かいました。南相馬市原町区の馬事公苑中継所では、白い紙の防護服、マスク、ゴム手袋、靴のカバーなどを渡されました。自分の家に行くのに情けないやら悲しいやら、怒りがこみあげてしまいました。

バスの窓から見た猪苗代の景色は、田植えは終わり一面に広がる田んぼは青々としていたのに、飯舘に入ると、それは一変していました。枯れた雑草とススキに覆われていたのです。相馬市、双葉郡、然りです。私は農家ではありませんが、胸がいっぱいになり涙が出ました。農業をしていた人たちは、どんな気持ちだったのでしょう。想像するに、難しくはないです。

わが町、浪江町は、太平洋を望む海があり、鮭がのぼる川がある。相馬焼の里があり、マイナスイオン無尽蔵と思えるような渓谷があります。そして人情あふれる人々がいました。『国破れて山河あり』という言葉があります。これは、戦争が起こっても自然が残っていることを言いますが、原発事故のあとの浪江町には元のような山河すらありません。人も文化も何もかも奪われました。これはいったい誰の責任なのでしょう。

二〇代のころに、東電の福島第一原発に見学に行きました。案内人の、「クリーンエネルギー」と「安全・安心」という説明に納得したものでした。小学生のころから、原発の絶対安全神話を刷り込まれ続けてきました。自衛隊の防護マスクの姿を見ても、頭のどこかで、「まさかね」「東電の事故も小さなもので、すぐにおさまるだろう」と思っていました。国や東電からは、全然情報が伝えられなかったのですから。でも、テレビの爆発映像をみて、目が覚めました。自分がいかに無知で従順だったか。愚かで情けない気持ちになりました。無知と従順は恥ずかしいことです。先祖にも子孫にも申し訳ないことです。

私は、国と東電を許せません。

以上〉

原告番号一三番の意見陳述を聴いて、一気に甦った二つの記憶があった。一つは、三・一一の翌年五月に「協働復興まちづくりシンポ」（まちづくりNPO主催）の会議で消防団の友人に会った時のことである。彼は震災当時、浪江町消防団の訓練分団長という責任ある任務を担っていた。ふと、彼は私に「助けてくれ〜、助けてくれ〜」の声が耳から離れず、「毎晩眠れないんだ」と言う。「明日、助けに来るから待っていてくれ！」と何度も答えたそうだが、翌一二日は、放射能汚染で立ち入り禁止区域になってしまった。一五・

五ｍを超える津波で、全ての家屋がのみ込まれた浪江町の請戸地区である。「一生背負って生きていくよ」と、下を向き、独り言のように私に語りかけた。私は、彼にかける言葉を見つけることができなかった。しばし、静寂の時間だけが流れた。二つは、消防長の町長から救助活動を止め、消防団に避難命令を出さざるを得なかった時の苦渋の決断を聴かされた時のことだ。集団ＡＤＲ交渉が難航していた二〇一五年六月に開催された、町長と議員ＯＢ会との懇談会の時、私の隣の席に座り、お互いに苦労した議員活動を懐かしんだ後に、垂れ絞る声で語る悩ましい町長の顔は、今でも忘れられない。その友人が原告番号一三番証言の消防団員だったのか、それは分からないが、同様の経験をした団員は、一人ではないはずだ。消防団員、そして助けられなかった命と遺族の無念の思いは、忘れてはならない。そしてこの事実、国と東電の犯罪を全国の人々に伝えたい思いに駆られた。

私は原告番号一番で、最初に意見陳述をした。ふるさとの郷愁、高瀬川・室原川での鮎の友釣り、天王山の登山、請戸浜での海水浴、花火大会、地引網、自宅前のため池に毎年飛来する白鳥の餌やり、雑木林の山栗、茸、たらの芽、山菜等を忘れることはできない。ふるさとに生まれ、育まれ、守られてきたつながりは、自分自身を創り上げてきた、人格形成の場であった。他の意見陳述した原告も同じであったと思う。

私の意見陳述でこれだけは述べたいと思った要旨は、①避難指示解除の強行についてである。解除の説明会で環境省は、年間二〇ミリシーベルトが解除の基準だと説明したが、科学的な根拠は何も無かった。法律では一般人の追加被ばく線量は、年間一ミリシーベルト以下とされている。自宅は三回除染されたが、避難指示解除の前日に計測した時、毎時一・八マイクロシーベルトで、年間に換算すると七・八ミリシーベルトを超えていた。これは、原発の「放射線管理区域」と同じで、そこでは、防護服や防護マスクを着用することになるが、その基準五・二ミリシーベルトの一・五倍という数値であった。そのような中で避難指示が解除され、帰還が強行されたのだ。②同じ説明会で内閣府から、避難指示解除後二年経過したら、固定資産税を課税すると予告され実施された。大多数の未だに帰還できない町民に、放射能で汚染され除染も不充分な土地や家屋に、情け容赦なく課税した。三・一一フクシマの実態を見ようともしない「被災者に寄り添う」と言っている者の真の姿である。③浪江町には事故当時、原発隣接町で人口も最も多い地域であるにもかかわらず、国から避難手段の手配はなく（原発立地町にはバス手配有り）、生死にかかわる放射能汚染の情報も提供されなかった。浪江町民は、国から見棄てられた「棄民」であった。本件原告は皆〈核災棄民〉である。最後に特に主張したかったのは、④国策の原子力事業は、他の発電事業とは違った特異性がある。万が一にも放射線漏出事故を起こせば、地域コミュニティはもとより自然界にも、不可逆的な被害をもたらすことだ。それにもかかわらず、国は規制権限不行使、東電は安全操業義務の不履行を繰り返し、相互の馴れ合いが常態化していた。寄生的で腐朽的な相互関係・「規制の虜」が、原発事故の原因であったことである。以上が私の意見陳述の要旨である。

今後、多数の原告代表者の意見陳述で、〈核災棄民〉の悲惨な被害実態を赤裸々に述べる予定である。弁護団（二八名）は、原告各世帯から聞き取り調査を行っている。〈核災棄民〉の語りつくせない一つひとつの言葉・想いを幾重にも重ねて、声をあげていくことが、私たちの武器である。弁護団とともに闘う原告の意見陳述が、いよいよ始まった。すなわち、私たち一人ひとりの言葉、そして私たち一人ひとりの行動こそが、共通の武器になる。

Ⅳ　おわりに
——専門家（弁護士）と協働し、自立した個人、そして連帯へ

「浪江原発訴訟」の意義は、浪江町民の七割以上が参加した集団ＡＤＲの申し立てを行い、慰謝料一律増額の和解案が提示されたにもかかわらず、東京電力の違法拒否により解決できなかったことについて、集団ＡＤＲの理念を維持・発展させた四つの目的を掲げ、住民自身が全国初めて提訴したことにある。

他の原発訴訟との関連をみてみると、次のようになる。第一に、国と東京電力の責任を明らかにし、多くの地裁判決で認定された国の責任を更に一般化し、そして国に事故原因の徹底的究明を求める世論を醸成する。第二に　浪江町民の一律解決を目標にしている。第三に、浪江町民の被災の甚大さを広く訴え慰謝料に反映させることによって、全ての地裁（名古屋地裁一二件目、二〇一九・八・二）で認定された慰謝料増額とともに「中間指針」見直しの必然性と正当性を更に明確にしていく。第四に東京電力のＡＤＲ和解案の拒否と国の政策失敗を許さず、交渉中および打ち切られた多数の集団ＡＤＲの被災者団体に対する支援になる。

周知のように福島地裁生業訴訟判決は、各原発訴訟に大きな好影響を与えた判決であっ

た。①「長期評価」の信頼性を前提に「予見可能性」と「結果回避可能性」を認定。②国の規制権限不行使・東電の安全操業義務の違法性を認定。③「中間指針」を超える賠償額の認定。④「代表立証」により被災者と被災地区の救済範囲を拡大。⑤二〇ミリシーベルト以下は被害ではない受忍論を退ける。「浪江原発訴訟」に励みになる判決であった。しかし、原発事故の国の責任が東電の二分の一にとどまること、「ふるさと喪失」は実質的に不認定であることは今後の課題になった。加えて「浪江原発訴訟」では新しく「期待権侵害」という国と東電の責任を全国で初めて求めた闘いである。

原告団員は、弁護団との協議、裁判の傍聴、提訴・意見陳述後の反省会と記者会見、総会・役員会等の議論を通して、共通の認識を持つようになった。特にさまざまな会議での弁護団の説明、これに対する質疑応答や担当弁護士との個別面談は、大きな力を発揮した。それは、悶々と悩んでいた被災者一人ひとりの思いを、主体的に闘う確信へと変えた。福島駅前での街頭活動や裁判所前の決起集会の実践活動は、自立した個人へ、変革主体への歩みとなった。

さらに、原告団・弁護団相互の連絡手段に発行されている「コスモス通信」、街頭活動用の宣伝紙、ホームページの開設は、自らの言葉で表現し、相互理解を深め、連帯を広げていく媒体（メディア）になっている。こうした連帯の輪は、町の協力と議会の支援を得て、「原発被害者訴訟原告団全国連絡会」、三〇〇世帯を超える追加提訴へと広がっている。「浪江原発訴訟」は、さまざまな社会運動とともに社会変革の「主体的契機」[*5]を担う歴史的意義をもっている。

最後に私情を記すことをお許し願いたい。南相馬市への移住で、同市在住の詩人若松丈太郎氏と同郷の詩人根本昌幸・みうらひろこ夫妻の詩集を読み、感銘を受けた。私の母をはじめ多くの原発関連死者の方々、そしてADR打切り後、わずか三ヵ月足らずで亡くなった馬場有の無念の思いを引き継いでいく町民のひとりになることを密かに決意する。〈核災棄民〉の実態を、多くの方々に伝えたい衝動に駆られて詩作を試みた。ここに宣戦布告の想いを詩に託す。[*6]

沈黙破る〈核災棄民〉

二〇一八年一一月二七日浪江核災棄民一〇九名「浪江原発訴訟」提訴
ADR集団申立から打ち切りまでの五年間　失われた命八六四名
申立代表　前町長は去る六月逝去　無念至極の旅立ち
多くの無念の命を抱き提訴する

ＡＤＲは　裁判の外で早急に被災者を救済することを目的に　国が定めた制度
そのＡＤＲ打ち切りで　裁判の中で　争うこと自体　制度そのものの破綻を証明
（見てみたいもんだ　国のツラを！）腹の虫が　呟く！
裁判の中で
（国と東電の責任を　全ての国民に周知させてやる！）
（無責任な国・傲慢な東電　理不尽はいつまで続くのか！）
　　　　腹の虫が　叫ぶ！
ある者は　失われた無念の命を背負い
「最後まで生きていられるか？　死ぬに死に切れない！」
少なくない者が　残された命と引き換えに　闘う
全ての収奪・強奪は許さない！　核災棄民　覚悟の闘いが　今、始まる
「わたしたちの『浪江』を返せ！」先導の横断幕　小春日和に　力強く
前進　隊列は　二千人の規模に
（正義は我に有り！）　腹の虫が　やけに吠える！

＊1　若松丈太郎（二〇一二）『福島核災棄民――町がメルトダウンしてしまった』コールサック社。
＊2　鈴木正一（二〇一八）『〈核災棄民〉が語り継ぐこと――レーニンの『帝国主義論』を手掛りにして』コールサック社。
＊3　ADRは、文部科学省に設置された機関の原子力損害賠償解決センターでADRと簡単に呼称。原発事故の被災者が、円滑（費用無料）・迅速（裁判外で手続き簡便）・公正（国の機関が仲介）に紛争を解決することを目的に設置。
＊4　恩田勝亘（一九九一）『原発に子孫の命は売れない――枡倉隆と棚塩原発反対同盟二三年の闘い』七つ森書館。
＊5　鈴木前掲書、一八頁。
＊6　鈴木正一（二〇一九）「腹の虫」九号、風刺詩ワハハの会、二七頁。

付記　本小論文は一三二頁＊3の後藤康夫／後藤宣代編著の第九章です。

〈寄稿〉 福島地裁意見陳述　原告番号一〇七番

本稿は、二〇二三年　六月二八日結審の原告最後の証言である。それは前載エッセイで記述された馬場有元町長が代表になった集団ＡＤＲの事務担当職員の証言である。急な要請にもかかわらず、本書の趣旨に賛同し寄稿していただいた。

1　私は、平成二四（二〇一二）年四月から九年間、浪江町で、東京電力に対する賠償請求を支援する係を担当しました。平成二四年当時は精神的損害と避難費用など一部の賠償が始まったばかりでしたが、日々、町民の皆さんから賠償に対する不満の声が多く寄せられました。

避難当初は、体育館などの避難所の環境が劣悪だったこと、親戚や知人宅へ避難できた場合でも、避難が長期化する中で関係性が悪化したこと、旅館やホテルへの避難も、通勤、通学、通院に不便なこと等から、避難先を転々とせざるを得なかったことは多くの町民が経験したことでした。

また、仮設住宅や借上げ住宅に移動したものの、部屋の狭さや設備の不十分さにストレスを感じること、通勤、通学、通院等の事情、被ばく不安の相違より家族が別離したこと等も多くの町民が経験したことでした。

更には、避難に伴い、病気になったり、持病が悪化したこと、介護認定度が上がったり、要介護状態になってしまったこと、精神を病む等で不眠になり薬を飲むことになった等も多くの町民が経験したことでした。

町民はそれぞれ避難状況に違いはありましたが、同等の被害を受けていると感じました。そして皆一様に、「十万円の慰謝料は適正な賠償ではない」と憤っておりました。そのため、町は再三にわたり、東京電力に対し適正な賠償を要求しましたが、受け入れられることはありませんでした。

2

賠償請求の相談に応じる中で多くの町民から「いつ浪江に帰れるのか。」と聞かれました。ある町民からは「自分は年寄りで先は長くない。避難先で死ぬのは嫌だ○○さんの見立てでいつ帰れるか示してほしい。」と懇願されたこともありました。

除染も、インフラ復旧も、まだ始まったばかりで、どうしても、答えようがありませんでした。帰還できるよう生活基盤を整えるには莫大な費用が掛かるため、町の財政で賄えるものではなく、国に頼らざるを得ませんでした。そのため、町が帰還時期の見通しを立てることは不可能でした。

賠償請求支援は電話や窓口のほか、高齢者等には東京電力の社員が同行のうえ、訪問による請求書の作成支援を行いました。訪問先では町民が口々に避難による辛さ、苦しさを長時間話され、友人や知人、家族とまで別離し、独り寂しく暮らす避難生活を目の当たりにし、何度も胸が締め付けられる思いをしました。訪問して直接見聞きした被害の実態を踏まえ、同行した東電社員を介し、適正な賠償を求めましたが、納得のいく賠償はされませんでした。

町民は避難生活だけでなく、賠償請求でも精神的な苦痛を受けてますます憤っていましたが、東京電力は被害の実態を目の当たりにしても、適正な賠償をせず、それまで町が必死に進めた賠償請求支援は、賠償請求の請求書の記載漏れを直すだけでした。

せめて帰還できる見通しが立てば少しは救われるものの、それすら叶わない状況で、町民のために町が主導できることは、東京電力への賠償請求の支援ではなく、ADRの申立て支援だということに行き着きました。

3　平成二五（二〇一三）年五月二九日、町は町民を代理して原紛センターへ集団AD

Rの中立てを行いました。当時の馬場町長は、被害の実態を明らかにし、適正な賠償を求め、町民の生活再建が図られるようサポートするのが町としての当然の役割だと仰いました。

また、ふるさとや家族の絆、社会の絆を失った苦痛はみな平等に被っているものであり、町が主体的にサポートすることは地方自治法に定められた自治体の役割としても当然のことだとも仰いました。

この馬場町長の思いは「陳述書」*として公表され、町民への強いメッセージとなり、町民は一律に救済が図られるものと強く期待しました。

4

町が町民を代理してADRの中立てを行うことは前例がなく、最初に報道されたとき賠償支援係の電話は鳴りやみませんでした。

それは、全国各地からの批判、非難、誹謗中傷の電話で「月に十万円も貰っているくせに、もっと賠償しろとは何事だ。お前らは賠償金を貰って、遊んで暮らして何様だ。」との暴言や、中には恫喝のようなものもありました。ある職員から、「今、ネット上では浪江町民が叩かれまくっています。」と耳打ちされたこともありました。反響は覚悟のうえでしたが、正直、想像を超えるものでした。

私は町民の過酷な避難生活を見聞きし、月額十万円の賠償金は適正ではないと確信しておりましたので、「町民のため」のその一心で、心が折れることはありませんでした。

ただ一度だけ、適切な電話対応ができなかったことがありました。それは、町民の娘様からのお電話で、その娘様は避難を強いられたお母様を東京のご自宅に引き取られたとのことでした。そのお母様が、浪江町民がネット上で叩かれていること知り、強いショックを受け寝込んでしまったとのことでした。娘様はその時、町を責めることはなく、ただ、「町がやっていることは正しいことですよね。その確認のために電話しました。」と言われました。私は、「正しいことを進めています。」と話すのがやっとで、涙が止まらず他には何も話すことができませんでした。

この方だけでなく、多くの町民が誹謗中傷を目にされたのだろうと思います。町が進めたADRによって、間接的であっても、傷ついた町民がいると実感したことは、九年間の賠償請求支援の業務の中で最も苦しいことでした。

5　私が原告の一人となって、この訴訟に参加したのは、当時の馬場町長が粉骨砕身、命の限り、町民のために奔走した思いを受け継いで、町民の一律救済を求めるためです。集団ADRは打ち切りになりましたが、原紛センターの示した和解案には、町民が被った損害が明確に示されておりました。また、私が九年間、町民から直接聞き、目の当たりにした被害の実態は、到底、月額十万円で慰謝されるものではありません。

6　今般、原賠審が示した追加賠償は、長年、町が東京電力に求めてきたものです。何度、働きかけても、何度、要求書を提出しても、一万五七〇〇人以上ものADR中立てで和解案が示されても、東京電力に受け入れられなかった損害です。

東京電力のホームページ上には「中間指針第五次追補等を踏まえた追加賠償のご案内」があり、「亡くなられた方も、全額お支払させていただきます。」とありますが、早期に適正な賠償がなされず、謂れのない非難や誹謗中傷により、傷ついたまま亡くなられた町民にとっては、何の慰謝にもなりません。

これまで、全国各地からの誹謗中傷に対しては、「日常の全てから引き剝がされた避難生活は、経験をしなければ理解ができないことだ」と飲み込んで、心に蓋をしてきました。司法の場で、馬場町長は、町の進めた集団ADRは、正しかったと証明し、町民一律に適正な賠償がなされるよう、今日まで必死に闘ってきました。

7　なぜ、いま、追加賠償なのでしょうか。

なぜ、東京電力は、九年前の集団ＡＤＲの和解案を受け入れず、いまになって追加賠償なのでしょうか。

裁判所におかれましては、東京電力はもっと早期に、もっと多くの被災者がご存命の内に、適正な賠償する機会が無数にあったことを考慮いただき、また、東京電力の不誠実な対応により、馬場町長をはじめ多くの町民が、適正な賠償を受けることなく無念のまま亡くなられた事実を真摯に受け止めていただき、どうか、適正なご判断をしていただきたいと切にお願い申し上げます。

以　上

＊馬場有町長の「陳述書」は一七七〜一八一頁参照

解説　〈核災棄民〉として闘う浪江町民の詩と評論

鈴木正一詩集・評論集『あなたの遺言――わが浪江町の叫び』に寄せて

鈴木比佐雄

1

東日本大震災・東電福島第一原発事故から十二年が経過したが、原発立地町の大熊町・双葉町に隣接する浪江町民とっては、帰還することができた人は少数で、帰還を断念した住民は数多くいる。原発事故は浪江町の自然環境を被曝させただけでなく、町民の地域共同体を根本的に破壊してしまった。原発事故当時、多くの浪江町民は、原子炉から二十五ｋｍ前後の浪江町の北西部で飯舘村の手前にあった津島の避難場所に、浪江と福島をつなぐ福浪線（国道一一四号線）で移動した。しかしその場所は浪江町の中でも特に高濃度の放射性物質が飛来していた場所であったことを後に知らされた。立地町ではない浪江町の役場には政府・東電から汚染地図のデータが開示されずに、安全だと思われていた津島において、町民の多くを被曝させてしまったことは後の裁判でも明らかにされている。本書の著者の鈴木正一氏は浪江町で協同組合の役員や町会議員を長年務め、浪江町のために尽力されてきた方だが、妻の実家が津島であり原子炉が水素爆発した後に津島の実家に夫婦で避難していた。南相馬市の若松丈太郎氏は二〇一二年に刊行した『福島核災棄民――町がメルトダウンしてしまった』の中で津島について次のように記していた。

《この日（三月十五日）、SPEEDIの予測にもとづく北西二八キロの浪江町津島字赤宇木（あこうぎ）での実測値は、早急に避難すべき毎時三三〇マイクロシーベルトを計測した。しかし、文部科学省ホームページでは地区名を伏せていたため、住民の避難には活かせなかった。また、福島県は予測データを入手しながら削除してしまった。／十七日から十九日に米軍機が上空を飛行して実測した放射線測定データ（汚染地図）が政府に提供されたものの、公表しなかった。》

また若松氏は四月には南津島では五〇〇マイクロシーベルト超を計測していたことに触れ、一般人の年間被曝限度量一ミリシーベルトを数時間で被曝してしまう高線量がこの付近だけでなく避難していた福島市のホットスポットなどにも存在していたことを記している。

鈴木正一氏とは、二〇一七年頃に、相馬市に避難していた浪江町の詩人の根本昌幸氏から、原発事故に関しての評論集を出したい浪江町の友人がいるので、ぜひ相談に乗って欲しいと紹介された。送って頂いた草稿を読み、さらに優れた原稿にするための参考資料として南相馬市の若松丈太郎氏の評論集『福島原発難民』・『福島核災棄民』や『若松丈太郎詩選集一三〇篇』などを寄贈した。鈴木正一氏は当時の避難先が南相馬市であったこともあり、私は若松氏を紹介し、たぶん若松氏の思想・哲学を必要とし、それを語り継いでいく方であることを直観していた。

そのような経緯で、二〇一八年に評論集『〈核災棄民〉が語り継ぐこと――レーニンの『帝国主義論』を手掛かりにして』が刊行された。そして五年後の今年の二〇二三年秋に詩集・評論集

『あなたの遺言　――わが浪江町の叫び』を刊行することになった。この五年の間に、鈴木正一氏に評論だけでなく詩作の才能を見出し執筆を促し浪江町に共に帰還する同志であった根本昌幸氏と、脱原発の理論的な師であった若松丈太郎氏の二人の詩人は、福島浜通りの復興と脱原発の世界を願いながら他界してしまった。鈴木正一氏はその二人の志を引き継ぐことと、現在も進行している「浪江原発訴訟」の裁判記録などを後世に伝えるために本書をまとめたのだった。

2

本書は、第一部「詩集　あなたの遺言　――わが浪江町の叫び」と第二部「評論　ある〈核災棄民〉の闘い」の二部構成になっている。

第一部は「Ⅰ章　あなたの遺言」十四篇と「Ⅱ章　君の名は」十三篇に分かれている。

Ⅰ章の冒頭の「あなたの遺言　――わが浪江町の叫び」の一連目を引用する。

《九月一日昼過ぎに　あなたからの電話／「コールサック」１０７号掲載の　私の詩「非日常の　日常化」の批評／「内容が濃いですね……良い詩だよ……」／荒い息遣いで　渾身の力を振り絞った　あなたの声／今も　耳に焼きついている　あなたの声／いつもの批評は　うれしくも／気が気でなかった　あなたの容態／九月六日夕食時に　あなたからのメール／「……貴方の作品は、解りやすい表現で　心に響き／体感極まった人にきり　書けないもの……」／私には少々重い　過分な評価》

浪江町の詩人の根本昌幸氏は、江戸時代から続く相馬藩の武士・農民の家系であり、また東日本大震災前は相馬野馬追にも参加していた浪江町の土地や浪江町の自然を愛し、特に昆虫の詩篇を書き継いでいた詩人だった。しかし原発事故の後には詩集『荒野に立ちて ――わが浪江町』を刊行し、「地を這っても／帰らなければならぬ」ことを記した。その後も浪江町の自然の象徴であった昆虫の放射性物質からの被害に根本氏は心を痛めていて、詩集『昆虫の家』を刊行し「本当は自分は虫なのだ」と言い福島の昆虫たちに成り代わってその不条理さを記した。そのような根本氏の郷里に根ざした詩作活動を鈴木正一氏は、郷里の詩人として尊敬して来たのだろう。その意味で本書が「あなたの遺言 ――わが浪江町の叫び」から始まることは、根本氏がいなければ、この詩集が生まれなかったことを告げて、最期の時まで鈴木正一氏を励ましてくれた感謝の思いを伝えたかったのだろう。二連目以降を引用する。

《十一月三日朝刊の「おくやみ」記事／根本昌幸さんの突然の訃報／唯ただ　驚くばかり／あなたは　作詩の心得を授けてくれたひとり／前日には、私のミニ詩集印刷を　発注したばかり／そのあとがきに、あなたへの感謝を書いていた／／私を詩の世界へ駆り立てた一冊の詩集／そこで　あなたは叫ぶ／「わが浪江町。／この地に　いつの日にか／必ずや帰らなければならぬ。／地を這っても／帰らなければならぬ。／杖をついても／帰らなければならぬ。／わが郷里浪江町に。」／郷里帰還は　叶わなかった／無念の想いを抱いて　旅立った／／ペンは　剣よりもつよし／それは　希望を掲げ　人を生かす武器／〈核災〉の理不尽を許さず／不条理と闘う絆を　醸成する武器／／あなたは　浪江原発訴訟原告団の　同志／七百余名の原告団員が共有する　叶わぬ想い／「この無念を晴らしてくれ！」／これが　あなたの遺言》

根本氏もまた妻の詩人のみうらひろこ氏とお孫さんの三人で津島で高濃度の放射線物質に曝された。また自宅は爆風下の山間部にあり、自宅・農地も高濃度の放射線物質によって汚染されて、後に集落の至る所に中間処理場のように黒いフレコンバッグが持ち込まれてしまった。そしてついには集落の会合で帰還を断念することが決まったという。その夜に私は根本氏から電話があり、このことを私に告げて男泣きをされた。この時の根本氏の嗚咽の声を想起するたびに原発事故（核災）の罪深さを痛感する。鈴木正一氏の聞きとった「この無念を晴らしてくれ！」という言葉には、江戸時代から続いてきた田畑や野馬追の文化を引き継いできた地域文化を破壊されてしまい、帰還できない苦悩を伝えて欲しいとの願いが込められていたのだろう。

私は二〇一一年四月十日に若松氏を避難していた福島市へ車で訪ねて、『福島原発難民』の解説文の執筆や写真を撮るために若松氏と一緒に南相馬市の自宅に戻り、小高町の被害状況や浪江町の手前まで行く際に旧六号国道（県道一二〇号浪江鹿島線）も車で通った。原発事故が起これは特に北西部の山間の道に沿って高濃度の放射性物質は阿武隈高地を駆け上がり縦断し、津島、飯舘村、川俣、福島に辿り着くのではないかと生々しく想像された。その汚染地図データを開示しなかった原子力行政の閉鎖性は、福島・浪江町町民をこれからも苦悩させ続けていくのだろう。

3

その他の詩篇において、鈴木正一氏は故郷が放射性物質によってどのように変わってしまったかを、自らの感受性を通して語っている。それは詩でしか書けないことが確かに存在していて、その独特な表現を紹介したい。詩「**棄民の郷愁**」では、「ふるさとのど真ん中で／郷愁に駆られるとは……／〈核災棄民〉の　摩訶不思議」。詩「**ふるさとの復興**」では「二万千人の町民／避難指示解除四年で　帰還者七％／創生小中学校開校／千七百人程の児童生徒は　二六人に」。詩「**無言の断罪**」では「約束は果たせず／強いられた　無念の救命断念／／福島県　浪江町の請戸地区／津波被災者　百余名の叫びは／放射能汚染に　掻き消された」。詩「**あれから八年半**」では「ふたりには　今も続いている　避難の生活／津島・仙台・佐渡・福島　そして南相馬／老体には堪える　五度の転居」。詩「**遥か彼方に**」では「取り壊しの順番を待つ　建物／郷土住民の結の絆は／雲散霧消／動植物の有機的な命の連鎖／先人が築いた尊い風土／有形無形の至宝が全て奪われた／帰還した住民には／被ばく不安の毎日が」。詩「**三・一一を忘れない**」では「耐え難い　避難の労苦を負わされた原発関連死者　四三四人／私の母も　その一人／心労は　時間の経過で軽減されるのか／否　増すばかり／〈核災棄民〉の命が果てるまで　続くのか」。詩「**憂える帰還**」では「帰還した隣組は　三世帯　五人／十一世帯の家屋は　取り壊された／街中へ出かけても　道に迷う時がある／記憶にある　建物が無いから／帰還は　新たなストレスを生む」。詩「**非日常の　日常化**」では「帰還したら／見慣れた街並みは／記憶にない　異空間／日頃　行き来していた道に／ふと迷う／見知らぬ街に／初めて来たかのよう」。詩「**もの言わぬ祠**」では「守り続けた　地区の家々と土地／三・一一の時は　四〇三世帯　九六八名／一一年経過して家々は取り壊され／土地は草ぼうぼうの荒地に／今は　二一世帯　三二名に／守り続けた家々と土地を奪われた　祠／私は〈核災棄民〉／祠は〈核災棄神〉か」。詩「**あの日から十一年**」では「集団ＡＤＲ打切りで提訴した／浪江原発訴訟（福島地裁）は　四年目に入る／今年、五月に裁判官と原告被告代理人の／現地進行協議で　自宅視察予定／一生続く「低線量」被ばくの　人体実験／被ばく不安の賠償も　訴訟のひとつ／〈核災棄民〉の実相・除染・失政の　視察を希う」。詩「**年賀じまい**」では「復興予算は／防衛費に転用で　先行き不安／次世代原発開発・六〇年超運転は／世論困惑の説明欠く　政策大転換／三・一一の教訓は／忘却の彼方へ　追いやられた」。詩「**ふるさとの終の住処**」では「冬には　白鳥が飛来し　餌をやるのが日課／私の密かな楽しみ／自宅は　雑木林に溶け込んだ　自慢の住処／あの原発事故が　起きる前までは……／一瞬にして　私の人生とふるさとは　奪われた／そして　住人の居なくなった　終の住処」。詩「**待ちわびた解除**」では「六年前解除された　街中の帰還者は／未だに　二〇〇〇人未満（約九％）／三復興拠点の　住民登録は／三二八世帯　八七九人／準備宿泊は　二一世帯　二三人／担い手呼び込みが　叶うことを切に願う／／はたして／私は　生きているのだろうか」。

この十四篇は、「棄民の郷愁」で語られている「ふるさとのど真ん中で／郷愁に駆られるとは」という故郷への深い喪失感なのだろう。故郷を創建しようとしても、放射性物質の障害があり、困難さは想像を超えている。しかし鈴木正一氏は故郷をそのような奇妙な異次元空間のように変えてしまい、今後も長く続く復興への道程を見通して、「浪江原発訴訟原告団」（三〇九世帯七二一名）の団長として東電と係争中だ。鈴木正一氏は徹底したリアリズムで東電の残した放射性物質が現在も今後も浪江町民の健康を害する責任を負うべきことを伝えている。

Ⅱ章「君の名は……」十二篇では、鈴木正一氏は自らを若松氏が命名した〈核災棄民〉であると宣言し、東電と政府がこのような存在者を生み出した社会的責任を厳しく問うている。

また第二部『評論　ある〈核災棄民〉の闘い』のⅠ章「人生の備忘録」四編では、鈴木正一氏の若松氏との出会いを語り、〈核災棄民〉という言葉に込められた思想・哲学が現実の裁判において力を持ち得て、現実を変えていく力になっていることを語っている。Ⅱ章「ある〈核災棄民〉の闘い」の七編は、「浪江原発訴訟原告団」の裁判資料であるが、政府や電力会社が放射能被害を出した時に、住民がどうであるかの貴重な資料となるだろう。浪江町の他の住民や浜通りの他の町や市でもこのような訴訟は可能かも知れない。東電福島第一原発事故のような悲劇を二度と引き起こさないためにも、〈核災棄民〉として闘う浪江町民の鈴木正一氏の詩と評論が、浪江町の過去・現在・未来を見つめるのに貴重な証言であり歴史的価値を持つことを私は確信している。

あとがき

今日は、浪江原発訴訟の節目となる結審日。本訴訟は、集団ADR打切りに起因した唯一の原発訴訟です。二〇一八年一一月二七日、原告（四九世帯一〇九名）が、国と東電を被告に福島地裁へ提訴しました。この四年七ヶ月の間、意見陳述一四名・証人尋問二一名のべ三五名が、〈核災棄民〉の実相を法廷で証言しました。判決は、来春三月一四日です。

三・一一フクシマの翌々年一二月、五回目の避難先である南相馬市に転居しました。そこで、ふしぎなご縁で同郷の詩人（故）根本昌幸さん、南相馬市の詩人（故）若松丈太郎さんとご健在の斎藤久夫さんの、お三方に親しくお付き合い頂きました。生来一編の詩も書いたことがない素人の私が、詩・エッセイ等の執筆を始めたのは、お三方のご教授・ご批評がきっかけです。

執筆の道しるべになったのは、鈴木比佐雄氏からご恵与頂きました、若松丈太郎さんの著書『福島核災棄民 ——町がメルトダウンしてしまった』です。それは、〈核災棄民〉の筆舌に尽くしがたい実相を語り継ぎ、周知することこそが、自らの使命であると直感させました。〈核災〉から一二年超、提訴からは間もなく五年になります。本書は、生涯続く〈核災棄民〉の非日常生活を書き綴った備忘録です。

本書の企画編集にあたっては、コールサック社代表の鈴木比佐雄氏、校正・校閲の鈴木光影氏と羽島貝氏に、また装丁では松本菜央氏に大変お世話になりました。鈴木比佐雄氏には、再び解説を執筆して頂きました。スタッフの皆様にはこころから謝意を表したいと思います。そして、原告番号一〇七番の寄稿といつもいささか先生の愛称で、暖かく見守ってくれた妻と娘にも感謝しています。

最後に、〈核災棄民〉の実相に触れて頂いた読者の方々に感謝を申し上げます。

二〇二三年六月二八日

鈴木正一

著者略歴

鈴木　正一（すずき　まさかず）

一九五〇年六月　福島県浪江町生まれ

福島県立双葉高校卒業（〈核災〉により二〇一七年三月休校）

福島大学経済学部経済学科卒業（一九七五年三月）

浪江商工信用販売協同組合専務理事（一九七四～二〇〇三年）

浪江町町議会議員（一九八七～二〇〇五年　五期十八年）

所属

浪江原発訴訟原告団（団長）

基礎経済科学研究所福島支部

福島県現代詩人会
コールサック（石炭袋）
はらまち九条の会

著書
二〇一八年　評論集『〈核災棄民〉が語り継ぐこと――レーニンの『帝国主義論』を手掛りにして』（コールサック社）
二〇二三年　詩集・評論集『あなたの遺言――わが浪江町の叫び』（コールサック社）

共著
二〇二〇年　『21世紀の新しい社会運動とフクシマ　立ち上がった人々の潜勢力』（後藤康夫／後藤宣代 編著）

鈴木正一詩集・評論集

あなたの遺言 ——わが浪江町の叫び

2023 年 9 月 30 日初版発行

著　者　　　鈴木正一

編集・発行者　鈴木比佐雄

発行所　株式会社 コールサック社

〒 173-0004　東京都板橋区板橋 2-63-4-209

電話 03-5944-3258　FAX 03-5944-3238

suzuki@coal-sack.com　http://www.coal-sack.com

郵便振替　00180-4-741802

印刷管理　（株）コールサック社　制作部

装幀　松本菜央　　カバー・扉写真　鈴木正一

落丁本・乱丁本はお取り替えいたします。

ISBN978-4-86435-583-4　C0092　￥2000E